Darling,
I want you.

お願い！ダーリン①

ひちわゆか

幻冬舎ルチル文庫

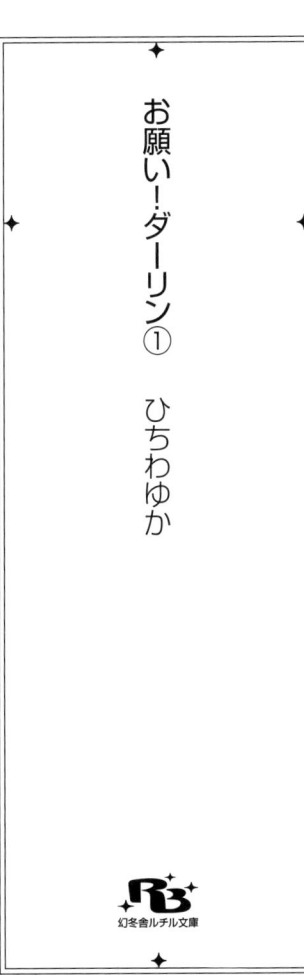

C O N T E N T S

✦目次✦

お願い！ダーリン①

NON NONダーリン……5
お願い！ダーリン……87
クリスマスキャロルの頃には……157
Old Times……231
あとがき……286

✦カバーデザイン＝吉野知栄（CoCo.Design）
✦ブックデザイン＝まるか工房

イラスト・桜城やや✦

NON　NONダーリン

そもそも彼は、二十五年間の人生において、挫折《ざせつ》など知らない類《たぐい》の男だったのだ。

そこそこの学歴、ルックスは人並み以上、生来《せいらい》のサービス業向きの性格を生かしてレンタルCD&ビデオショップに就職して三年、身についた営業スマイルと、生来のマメさで〝タラシのヒロシ〟の異名を取る、自他ともに認める女たらし。生まれてこの方、女には不自由した覚えがない。

しかし。

その夏は、そんな彼——相原弘《あいはらひろし》にとって。まさに史上最悪の夏だった。

ACT 1

「愛してますよ、弘さん」

耳もとで囁《ささや》かれたら失神間違いなしの、尾骶骨《びていこつ》直下型のセクシャル・ヴォイス。頰《ほお》を掠《かす》める吐息に視線も揺れる、迫るは悪魔の地獄へのいざない。

「アホかおまえは。ベタベタさわんな、気色悪いっ」

髪を撫《な》でる長い指を振り払い、弘は、うっとうしげに彼の端正な顔をにらみつけた。

「おれはおまえに好かれるような義理はないって何度云《い》ったらわかるんだよっ。だいたい場所考えてものを云え。ここをどこだと——」

「ご安心ください弘さん、大丈夫、ここは幸い鍵がかかります」

「そういう問題じゃな〜いッッ」

弘の怒鳴り声が、狭い事務所の壁にむなしく反響する。

都内某所。レンタルCD&ビデオショップ〝AV《エーブィ》 RAN《ラン》〟の二階の事務所。出払いで、狭い部屋には二人きり。店長もアルバイトもいまはこの下のショップのカウンターで仕事に追われている。明日入荷する新作ビデオの発注書を作るために、弘は一人で事務所に上がってきたのだが、そこには、出勤したばかりのこの男が、魔の手を広げて待ち構えていたのである。

「タイムカードを押したとたんにあなたにお会いできるなんて、ああ弘さん……やはりぼくたちは赤い運命の糸で結ばれているとは思いませんか」

「思うかっ。勝手に結んで首吊《つ》って死ね！」

「おお、なんて冷たい言葉だ、弘さん……ぼくの熱くたぎるあなたへの想い、わかりすぎるほどわかっていらっしゃるくせに」

「だれがわかるかそんなもんっ」

「なんなら見せてさしあげましょうか」

「——ジッパー下げるなバカモン！」

叫んで、弘は眩暈《めまい》がした。

どーしてなんだ。どーしておれが、こんな変態につきまとわれなきゃならないんだ？　このおれがいったいなにをしたっていうんだ！　チクショウこの——悪魔憑《つ》きッ！

「おれはそっちの趣味はないってなんべん云ったらわかるんだよ！」

「なにを云うのです。趣味の問題ではありません。ぼくたちは、愛の女神の定めた運命の恋人同士なのだと、あなたこそ何度云ったらおわかりになるのです」

「ざけんなボケ」

「いやだな、ぼくの名は、ボケじゃありません。今田浩志郎《いまだこうしろう》ですよ、弘さん」

「なれなれしく名前で呼ぶなって云ってんだろうが、いつも。なんべん注意したらわかるんだよおまえは」

「なにをおっしゃいます弘さん。恋人同士が名前で呼び合うのは古今東西《ここんとうざい》、当然のこと。ましてあなたはぼくの運命の人……ささ、どうぞ遠慮などせず、ぼくのことも、名前で呼んでください。その桜貝のような唇で、浩志郎、と呼ばれたら……あぁ、それだけでイッてしまいそうだ……！」

（イッちゃってんのはおまえの頭だよッ）

弘の両手を取ってうっとりと自分の世界に浸《ひた》ってしまっている今田に、怒鳴る気力も失って、弘はげっそりうなだれた。

が、今田のほうは、そんな弘の心中を知ってか知らずか、切れ長の目をうっとりと細めて、弘の顔にじっと見入っている。

「……ンだよ。人の顔ジロジロ見てんじゃねえよ」

「おお、失敬。ついあなたの美しさに見とれてしまいました」

「……おまえいっぺん眼科行ったほうがいいぞ」

「おや、うれしいな。あなたがぼくの心配をしてくださるなんて。ですがだいじょうぶ、案ずることはありません。ぼくの視力は左右ともに０・８。あなたの花の顔《かんばせ》を観賞するには、もってこいの視力です。これ以上見えたら……フッ……感じすぎて、きっと失神してしまう

「……」

「………」

眼科より精神科行きだな、こいつは……。

弘は特大級の溜息《ためいき》をついた。

「くだらないことばっかり云ってないで、さっさとカウンター行け、このクソガキ」

「んんん……あいかわらず冷たい方だ。もうすこし、あなたとの十二時間ぶりの再会の喜びに浸らせてくださいませんか。ああ弘さん、ぼくの天使。アムール、アモーレ、アモーレ……」

「なにが天使だ、さっさと下に行けって云ってんだろ、この——ホモ！」

「ホモ？……これは心外な」

涼やかな眉がふっと曇る。

「ぼくは、れっきとしたバイ・セクシュアルですよ」

「胸張って云うようなことかっ」

「もちろんですよ。ストレートやホモセクシュアルなんて、しょせんは性差別に過ぎません。どちらか一方だなんて、もったいないじゃありませんか。この世は愛がすべて。さ、弘さん。愛し合いましょう！」

「よるなさわるなくっつくな！」

「そんなに冷たくなさらないでください。ああ弘さん——ぼくのアマン！　ぼくの胸は、あなたへの愛に張り裂けてしまいそうだ」

「勝手に裂けちまえ」

「そんなこと云うと、実力行使に出ちゃいますよ？」

ニコニコと笑いながら彼は云う。

なに云ってやがる、と弘はプイと顔を背《そむ》けた。二人の身長差は約五センチも、弘のほうが勝っている。ウエイトもわずかだが弘のほうに分がいっている。実力行使なんて言葉は、なんの効力もない。

「やれるもんならやってみろバーカ。いいよ、おまえが出ていかないならおれが出ていく」

「そうはいかない」

彼はするりと弘の肩に手をまわした。五センチの身長差もウエイト差ものともせずに、強い力で引き寄せる。弘は抗ったが、なぜか今田はびくともしない。

「実力行使と云ったでしょ」

「は、はなせバカっ。こんなとこだれかに見られたら——」

「いいじゃないですか。ぼくは気にしませんよ」

「おれが気にするのッ」

「デリケートなんだな。かわいい人だ」

「…………」

ダメだこれは。なにを云っても通じない。

(最後の手段だ。……悪く思うなよ、今田)

弘は覚悟を決め、すうっと細く肺に息を吸い込んだ。そして、右膝《ひざ》に渾身《こんしん》の力をこめて、今田の股間を思いっきり蹴《け》り上げた。

「——×××△△△★★★ッッ！！！」

今田は口をパクパクさせながら前のめりに倒れてゆく。そこを思い切り突き飛ばすと、半開きだったドアにぶつかって室《へや》の外へ飛び出して、その勢いのまま、階段をゴロゴロと転がり落ちていった。

「……ふん！　おとといこい。クソガキ」


「よー、相原」

今田が、文字通り転がるように出ていって程なく、店長の間島《まじま》が、入れ違いに事務所に入ってきた。

「オツカレ。今田の出勤とかち合ったみたいだな」

店まで聞こえたぜえ、間島はおもしろがるような口振りで云った。

やつと弘の攻防戦はいまにはじまったことではない。店の従業員の間でも、今田が弘に岡《おか》惚《ぼ》れのメロメロで、来る日も来る日も顔を見ればあの調子で迫り倒していることは、とっくに知れ渡ってしまっている。

「しっかし、気の毒にな」

「まったくですよ。なんでおれがこんなメに遭《あ》わなきゃならないんだっての、ったく……」

「ちがうちがう。今田が、さ」

キヒヒヒヒ、と間島は変な声で笑った。

「顔合わすたびにあっつーい愛の告白してんのにさ、おまえゼンゼン相手にしてやんねえだろ。かわいそーに。男として同情するよ、うん」

「……どっちに同情してんですか」

「とか云って、あんだけ熱心にアタックされると、けっこう悪い気しなかったりして？」

「アホなこと云わないでくださいよッ。冗談じゃない——おれにはそのケはありませんよっ。だいたい、おれの顔のどこをどう見たら美しいだの花の顔《かんばせ》だの思えるってんですか。身長だっておれのが高いし、ガタイだってデカいしっっ……」

「まあまあ。まね、おれもね、男同士ってトコがちょっとネックだとは思うけどさ。でも、おまえ会いたさに安い時給であんだけ熱心に働いてくれているわけだし、今田がほとんど年中無休で店出てくれるおかげで社員のおれらもゆっくり休みが取れるんだからさ。そのへん汲《く》んで、いっぺんキスでもしてやれば？」

「……間島さん。首絞められたいですか？」

「おっかねえな。冗談だって」

ひょいと肩をすくめて、

「ま、せいぜい尻《ケツ》には気をつけろよ」

間島はケケケと変な声で笑いながらまた事務所を出ていった。

仏頂面《ぶっちょうづら》でソファに腰かけて、弘は、冷たい缶コーヒーをぐびっと飲んだ。本当に、おれの周りには、ろくなやつがいない。間島店長しかり、あの今田しかり。

今田。名を、浩志郎という。弘より三つ年下の二十二歳、すらっとした長身と、涼しい目もとの甘い端整な顔立ちの、某国立大学の教育学部四年生。このレンタルCD&ビデオショップ〝AV　RAN〟にアルバイトに入ってきて、そろそろ半年になる。カウンターに立てば仕事も速く愛想もよく、客のあしらいに至っては社員顔負け、社長の覚えもめでたいときている。

店の女の子たちの間では、弘と並ぶ人気があり、彼を目当てで入ってきた女の子や足しげく通ってくる客も多いのだが、当人は馬耳東風、バイト仲間や客のどんな美女にも目もくれず脇目《わきめ》もふらず、目下、〝AV　RAN〟店長補佐の相原弘ただ一人にご執心《しゅうしん》、なのだった。

事の起こりは六ヵ月前。

月もなければ星もない、芯から寒い二月の、ある夜のことだった。

その日、相原弘は、半年つづいた恋人と喧嘩《けんか》をし、殴られたあげくに浮気がバレて、こっぴどく振られてしまった。

馴染《なじ》みの店でヤケ酒を飲み、美女を一人口説《くど》いたものの、ふとしたはずみで名前を呼び間違えて怒らせて、ハッと気づけば一人きり。さらにヤケになってどのくらい飲んだかも忘れるほど酔ってしまい――帰り道の途中で大の字に伸びてしまった。

そこへ偶然通りかかり、王子様よろしく助け起こしてくれたのが、彼……今田浩志郎だったのである。

その瞬間から、今田浩志郎の、あの変質的、かつ激烈な、弘へのアプローチがはじまったのだ。

はじめて出逢《であ》ったその瞬間から、弘を「運命の恋人」と呼び、抱きしめ唇を奪おうとしたのにはじまって、どういう経緯でか弘の仕事先を調べ上げ、いつの間にかアルバイトに入ってきた。店ではあのとおりのハレンチな痴漢《ちかん》行為をしつづけ、弘が公休で会えない日には、家まで押しかけてくる。

それどころか、毎朝のモーニングコール、夜更《よふ》けには甘い囁きのおやすみコール。留守番電話には熱烈なキッスの嵐を残し、三日に一度は分厚いラブレターまで送ってくる。

場所を問わず時間を問わず、いつだって突然、弘の前に現われて、「ジュ・テイム」だの「I WANT YOU」だのとほざきやがるのだ。あのイカレポンチは。

(ったく――なにが、愛してる、だよ。バカバカしい)

ソファに深く背もたれて、弘はギリギリと奥歯を鳴らした。

あいつが社長のお気に入りで店がバイト不足でさえなければ、正社員の権限でどうにかしてクビにしてやりたいところだ。

愛してる、だの、運命の恋人だの、冗談にしたって程がある。

大ッ嫌いだ、あんなやつ!

ACT 2

週末、ほどほど混んだ薄暗いバーフロア。BGMは昔のソウル。靴音と話し声が、天井に煙草《たばこ》の煙みたいにうっすらとした膜を作って漂《ただよ》っている。

「ヒロシ」

長いカウンターの一角から、きついウェーブのかかった短い髪の女が、ひらひらと手を振って弘を呼んだ。

「遅ォい」

「ごめん、待った?」

「待ったわよお。すっぽかされたかと思っちゃった」

晶子《あきこ》は細い指で、額《ひたい》を隠す前髪をかき上げる。オレンジ色のグレンチェックのタイトなツーピース、オフゴールドの大きなイヤリングが、派手な顔立ちによく似合っている。

晶子。姓は忘れた。〝RAN〟の客だったのを、口説いておとしてモノにしたのは半年前。大手町《おおてまち》のOLと聞いた。

「どうしてたのよ、ずっと連絡くれないで……いつ電話しても留守録だし。つまんなかった」

「ごめん、仕事が忙しくってさ」

「電話くらいしてくれたっていいじゃない」

「うん……おれもほんとはずっと連絡したかったんだけど、なにしろここんとこ、家帰るのも二時三時でさ……」

「ふーん。あんまり御無沙汰《ごぶさた》だから、もしかしてあの噂《うわさ》、ホントにホントなのかなーって、疑っちゃったわよ」

「ウワサ？　なんの？」

「…聞いても怒んない？」

「いままでおれが怒ったことある？」

「んー……だからね。弘が、最近、男に走ったってウワサ」

「ええぇ!?　な……なんだよそれっっ」

「弘のお店の人から聞いたのよ。弘がアルバイト大学生のすっごくカッコいい男の子とつき合ってるって」

「………」

「みんな云ってるわよ。弘はとうとう女に食いあきてホモに走ったんじゃないかって。ねえ……まさか、マジ？」

「………」

弘はしばし絶句した。

……ホモ？……このおれが？　この、〝タラシのヒロシ〟の異名を取るこのおれが――ホモ⁉

一瞬真っ暗になった目の前に、今田浩志郎の、あの憎《に》っくき笑顔が浮かび上がる。

ドちくしょうっ……それもこれもみんな、あのイカレた大学生のせいだ。あンニャロォ……来週のシフト、覚えてろよ……！

「バ……バカバカしい……ただの噂だよ、ウワサ」

怒りと動揺とに、わなわなと震える手をなだめ、ウイスキーグラスを傾ける。

「おれは女の子のほうが好きだって。決まってるだろ？」

「そうよねぇ。まさか弘がホモなんてねぇ。あたしも、どーせくだらない噂だろうとは思ってたのよ」

「あッたりまえだろ」

「ごめんね、疑ったりして。でも、弘もいけないのよ。あんだけ遊び回ってた人が、突然どこにも顔出さなくなるから……」

「仕事が忙しかっただけだよ。ごめん、ほっといて。……逢いたかったよ」

「ほかの女の子にも同じこと云ってるんじゃないのお？」

「ばかだな。晶子ちゃんだけだよ」

「ほんとォ？　うれしい」

晶子は媚《こ》びるような声を出して、弘の肩にしなだれかかった。ミス・ディオールの芳香が、白い首筋からふわり漂う。

「ずーっと、逢いたかったのよ。飲みに行っても、やっぱり弘がいないとつまんないんだもん。……さみしかった」

ああ……やっぱり女の子っていいなあ……と弘はしみじみ目を細めた。

同じ台詞《せりふ》でも今田なんかに云われたらトリ肌ものだが、かわい子チャンにならなにを云われても許す気になる。

そういえば、彼女とデートするのが久しぶりなら、彼女以外の女とはもっと御無沙汰だ。だいたい、最後に女と寝たのは——あれあれ？　そういえばいつだったた？　なんだかずいぶん以前のような気がする。なんてことだ。この、〝タラシのヒロシ〟たるものが。

（あいつのせいで、そんな気力も暇もぜんっぜんなかったもんなあ……）

朝っぱらのモーニングコールの熱烈キッスの嵐にはじまって、仕事場では一方的かつ攻撃的なアプローチ。ぐったり疲れて部屋に帰れば帰ったで、留守録のテープに、入りきれないほどのラブコール……この生活で、体力と気力を消耗しないはずがない。

「老《ふ》け込むよなあ、こんなんじゃ……」

「そうよお。ねえねえ、もっと愉《たの》しいことしましょ？」

「そうだな――じゃ、今夜……どう……？」

「ＯＫＯＫ！　ぼくはいつでもオッケーですよ弘さんっ」

ぴと。

背中に貼りついてきた生あたたかな感触に、弘は、彼女の手を握ったまま、硬直した。

いつの間にやら背中から二本の腕がまわされて、搦《から》めとるかのようにしっかりと弘を抱きしめていた。鳥肌立ちそうな間近から、首筋のあたりに熱い吐息が吹きかかる。

「長生きはするものですねマイ・ラヴァ。まさか、このような場所でお誘いをいただくとは……あなたって、意外に大胆なんだな。さっ、それではさっそくいたしましょうか。場所はホテル？　いっそ、ぼくの部屋にいらっしゃいませんか？　いえいえ、心配はご無用、この今田浩志郎、いつでもあなたをお迎えする準備はバッチＯＫ！　ですよ弘さんっ」

「なっ……なにがバッチＯＫ！　だッ」

二本の腕を振り払い、振り返ればそこにはスマート＆スイートな容貌《ようぼう》の、男が一人、立っていた。身を包むのは黒っぽい光沢の入ったソフトスーツ。黒地に紅薔薇《べにばら》のモチーフの入ったベスト。云わずと知れた、今田浩志郎である。

「なななななっなんでこんなところにおまえがいるんだよ!?」

「なぜ――とはまた、つれないことを。決まっているではありませんか、麗《うるわ》しの君。ぼくとあなたの関係は云わば花と蝶《ちょう》……あなたという馨《かぐわ》しい花の匂いに誘われて、ぼくは蝶のようにどこまでも参ります。望むなら遠く銀河の果てまでも！　ああ弘さん、ぼくのスウィート・ローズ……」

「……ちょっと。これ、どういうことよ」

憮然《ぶぜん》とした女の声に、弘はハッと現実に返った。

「い、いや……ちがうんだ晶子。こいつはウチの店のバイトの——」

「いやだな弘さん、そんな色気のない。照れずにはっきり、恋人と、紹介してくださればいいのに……」

「うるさい！　おまえは黙ってろ！」

「この人が例の噂の彼氏ってわけ。……ふーん。……なるほどね。……お似合いじゃないの」

「ちがう！　そうじゃないって！」

「お似合いだなんて、それは当然ですよ、マドマアゼル。なにしろぼくと弘さんは運命の恋人同士！　なのですからねっ」

「おまえは黙ってろってばっ！」

「……帰る」

晶子は憤然と立ち上がった。

「ええっ？　なんでっ」

「なんで？　よくそんなこと云えるわね！　冗談じゃないわよ、男と二股かけられるなんて
――あんまりバカにしないでよねッ」

「ちがう、おれはこいつとはなんでも……！　待てよ、晶子っ」

「さわんないで。ホモにはあたしなんかご不要でしょっ！」

弘の手を振りほどこうと、晶子がぶんと振り回したエルメスのバッグが、顔にビタン！

と音を立てて命中。ひるんだ弘の手をひっぱたき、晶子は身を翻《ひるがえ》す。

「さよなら」

「ちょっ……待てよ、晶子！　待ってくれ、誤解だっ！　アキコお！　助けてくれっ！」

弘の必死の叫びもむなしく、彼女はハイヒールの音も高らかに、振り向きもせずに出ていってしまった。弘はほとんど呆然《ぼうぜん》として、去って行く彼女の背中を、それ以上引き止めることもできずに、見つめていた。

「おや……帰ってしまわれましたね。さてはぼくたちに気を利かせてくださったのかな」

「――」

弘は今田のしたり顔をムウゥーッとにらみつけた。グラスの中身を頭からぶっかけてやりたい気分だ。

「おや……どうなさいました弘さん。お顔の色がすぐれないようですが」

おまえのせいだおまえのッ。怒鳴りたいのをグッとこらえる。

「……べつに。だれかさんのおかげで頭痛がするだけだよ」

「頭痛ッ⁉」

今田は両手で弘の頰を挟むと、ずいっと顔を近づけてきた。

「それはいけない、風邪かもしれません。お熱はありませんか？　寒気や吐き気は？　くしゃみや咳《せき》は出ませんか？」

「そんなもんないって……さわるなったら」

「なんでもないはずがありません、頭痛は風邪の初期症状の一端です。もしやインフルエンザかも――、今年のインフルエンザはイギリスで数百人の死者を出したほどの悪性なんですよ。おお――なんということだ……ぼくは、ぼくは、あなたを冒《おか》したウイルスが憎いッ。もしもあなたに万が一のことがあったらぼくは耐えられない――あなたのいない世界など、暗黒と一緒だ。そのときはあなたの亡骸《なきがら》を胸に抱いてエーゲ海へ身を投じるしか……！

……いやいや、いまはそんな縁起でもない想像をしている場合ではない。さ、さっ、弘さん、早く帰りましょう。こんなところでお酒なんか飲んでいては体に障《さわ》ります。風邪は暖かくして寝ているのが一番！　お任せください、この今田浩志郎、あなたが全快するまでつきっきりで看病させていただきますよっ」

「いいかげんにしろよッ！」

弘は今田の手をビシッと払い落とした。

「黙って聞いてりゃさっきから一人でベラベラ好き勝手喋《しゃべ》りやがって——おまえなっ、人をからかうのもいいかげんにしろよな」

「……からかう……？」

今田は目をぱちくりさせた。

「なにをおっしゃいます……からかうなどと、まったくの心外です、マイ・ラヴァ……。どうしてこのぼくがそのようなことを？　あの運命の出逢いの夜、あなたを両の腕《かいな》に抱き上げたそのときから、ぼくはその汚れなき瞳の虜《とりこ》になってしまったというのに……」

「ごっ、誤解を招くような云い方するなよッ。あれは、たんにおれが酔っぱらって倒れてたのを抱き起こしただけだろっ」

「なにをおっしゃいます弘さん。あれを運命の出逢いと呼ばずして、いったいなにを運命と呼びましょう？　ぼくはあのとき直感したのです——ぼくたちは赤い鎖で結ばれた恋人同士。今生《こんじょう》で出逢えたのは、まさに神の導きというほかにないと。ぼくとあなたは愛し合う運命なのだと。ああ弘さん、マイ・スウィート・エンジェル……！」

「それがからかってるってんだよ！　なにがスウィート・エンジェルだ、なにが運命の赤い鎖だ！　なんで酔っぱらって助けられただけでおまえと愛し合わなきゃなんないんだよッ」

「弘さん……」

今田は呆然と弘を見つめている。弘はかまわずまくし立てた。

「だいたい、毎日毎日、愛してるだの運命だのそればっかり——わかるわけないだろ、そんなもん！　ふざけるのもいいかげんにしろッ！」

「……お——おお……」

今田は額に手を当ててふらっとよろめいた。頬から血の気が失せ、真っ青になっていた。

「なんという……ことだ……」

青ざめた唇が、震えながら言葉を紡《つむ》ぐ。

「……おお……弘さん……あなたのおっしゃることは、ごもっともです……そんな初歩的なことにいままで気づかなかっただなんて……ああ——ぼくは、なんと愚かな男なんだ……っ。ぼくなんか……ぼくなんか……あぁ！　いっそ死んでしまったほうがいいんだあぁぁっ！」

「い、いや、べつに……なにもそこまでは……」

弘は、ホッとしつつもいくぶん焦《あせ》った。今田のことだ。思い込んだら勢いで本当に首でも吊りかねない。

「べつに、いいよ……わかってもらえれば」

「ええ、わかりました。わかりましたとも、ディア・ハート」

今田浩志郎は、伏せていた顔をゆっくりと上げると、自信満々に答えた。

「つまり、いままでのぼくは、言葉ばかりが先走って実行が伴っていなかった、と、そういうことですね」

「――へ?」

「OKOK! OKですよハニィ! さすがはぼくの弘さん、鋭いご指摘だ! たしかにいままでぼくは、あなたに出逢えたことに浮かれ、運命に頼りすぎて、愛されるための努力を怠《おこた》っていた。これでは、あまりにも突然の運命の出逢いに戸惑っていらっしゃるあなたが、ぼくの愛に不信感を抱くのも当然というもの。……あぁ、ぼくは本当に浅はかな男だった。互いの心の理解なしには、いかなる運命の恋といえども成就《じょうじゅ》しえるはずがないというのに……!」

「い、いや、そういうことじゃなくて……」

「NO NO BABY。それ以上はおっしゃらないで。ぼくはもうすべてわかってしまいましたよ。難問を解くのは幼少のころから得意だったんです」

「おまえの場合は解き方に問題があるんだってばっ」

「ご安心ください! この今田浩志郎、あなたのお言葉はけっしてムダにはいたしません。今日からは心を入れ替え、最大限最上級の努力・体力・知力・そして誠意をもって、必ずやあなたにぼくの愛がいかに強く激しいものかをよぉーく理解していただけるよう、努力精《しょう》進《じん》いたしますよ! ――おお、そうだっ」

がしっ。今田は弘の手を取ると、じりじりと迫ってきた。目の色が変わっている。弘はたじろいで、椅子《いす》に掛けたまま後ずさった。

「弘さんっ」

「な……なんだよ」

「ぼくはいま、すばらしいことを思いつきました。この愛をあなたに信じていただけるまで、毎朝、朝露《あさつゆ》に濡《ぬ》れた赤い薔薇を一輪、あなたのお部屋にお届けすることにいたしましょう」

「……はあぁ？」

「ぼくの想いの証《あかし》として——燃えるようなこの想いを、すこしでも多く感じていただけるように。お約束しますよ、弘さん」

「…………」

……ダメだこりゃ……。

弘は、がっくりと肩を落とした。

（云うだけムダか、こいつにゃ……）

もう怒りを超して脱力してしまった弘をよそに、人の話をまったく理解しない不幸を呼ぶ男は、熱っぽい語り口で彼に囁いた。

「すこしでも早く、あなたに二人の運命を受け入れていただけるよう、ぼくは頑張りますよ。ああ、弘さん——ぼくの、アンジェロ・デル・フィオーレ……！」

……勝手にしやがれ、である。

ACT 3

「へええ。それで、その薔薇」

「うん……」

しぼみかけた紅薔薇を、人差し指と親指の間でくるくると回しながら、弘は、あーあと長い溜息をついた。

〝AV RAN〟本店の三階、会議室とは名ばかりの四畳半ほどのちいさな部屋での、恒例週末ミーティング。弘のほか、店長の間島、紅一点の正社員の秋山《あきやま》ミカが、いつものように長机を囲んでいる。

十一月にオープンを控えた〝AV RAN〟駅東《えきひがし》店の店内レイアウトやソフトの発注などについての細かな打ち合わせがミーティングの名目だったが、話題はいつの間にか、弘が持ってきた一輪の紅薔薇のほうにそれてしまっていた。

「毎朝っつっても、どーせ二、三日でやめるだろうと思って、勝手にしろって云ったんだけどさ……」

「いま何日め？」

「五十八日」

「ひょえ〜っ。すげぇ根性」

間島は感動したように大げさに肩をそびやかした。

「今田くん、ほんッとーに好きなんですねえ、相原さんのこと」

発注書をパタパタと扇《あお》ぎながら、ミカちゃんこと秋山が、しみじみと云った。

「あれって、ほら……たしか小野小町《おののこまち》だっけ。求婚者が百日、毎晩通ったっていうやつ……あれみたいじゃないですか？　今田くんてけっこうロマンチストですよね」

「男ってのはみんなロマンチストなんだよ、ミカちゃん」

「間島店長が云うとぜんぜん説得力ないですね」

秋山はきゃらきゃらと笑い声を転がす。

「しかしまあ、惚れ込まれたもんだよな。おれじゃぜったい続かねえなあ。毎朝だろお？　よくつづくな、あいつ……それでなくても卒論とバイトと就職活動でへバってんだろーに」

「就職？　あ、……そうか。学生だっけ、あいつ」

「あーあ、かっわいそーに、今田くん」

「相手がこれじゃ報《むく》われないねえ」

秋山と間島は顔を見合わせてケタケタ笑っている。うるせぇな、報われてたまるかよ、と弘は無言で二人をにらみつけた。

「でも……相原さん、ぜんっぜん、その気がないわけでしょ？」

「……その気があったら変態だろ」

「だったら、はっきりそう云ってあげたほうがいいんじゃないんですか？　このままじゃ今田くん、百日どころか、ずーっと薔薇持って通ってきますよ、きっと。彼って、けっこう思い込み激しい人だし……そう思いません、間島さん？」

「おれはいまのままのほうがおもしろいけど。いっそ、このまま情にほだされてくっついちまえば？」

「やめてくださいよぉ、煽《あお》るの。困ります」

「なんでミカちゃんが困るの。もしかして、こいつに惚れてるとか？」

「まさか。バイトの子と賭《か》けしてるんです。あたし、今田くんが相原さんに振られるほうに一万円賭けてるんですよ。だから相原さんっ、お願いだからくれぐれも情に流されないでくださいねっ」

「……頼まれたって流されるかよ」

あいかわらず指でくるくると薔薇を回しながら、弘はまた溜息を長くついた。

(ほんとに……あいつ、いつまでこんなことつづけるつもりなんだろう……)

べつに自分がそうしろと強制したわけでもないのに、弘はなんとなく、罪悪感のようなものを覚えた。

やっぱり、やめるように云ったほうがいいんだろうか。こんなこと毎朝――だなんて。就職活動と卒論制作でへとへとになってる日だってあるだろうに。雨の日も風の日も——それこそこのまま続けていったら、雪の日だってあるかもしれないのに。

それに、第一、いつまで続けたって、おれが、今田の愛を受け入れる——なんて。そんなこと。ぜったい考えられないのに。そんな約束したわけでもないのに。

(ほんとに……わかんねえやつ)

転げ落ちた吐息が、なんだか切ない。

嫌いなのに。あんなヤツ。

「失礼します」

夕方、一人で事務所の机に向かってCDの発注書を作っていると、ノックの音とともに、今田が入ってきた。

弘は思わず、ゲッ、と呻《うめ》いた。

いつものように「ジュ・テイム」だの「アムール」だのの嵐が襲いかかってくるものと、とっさにファイルを楯《たて》にして身構えたが、今田は、めずらしくも、抱きついてくるどころか、両手を広げて近づいてくることすらしなかった。

まるで弘の存在など見えないかのように、窓際に置いてあるコピー機にすーっと寄っていって、客に配るチラシかなにかのコピーをはじめた。

弘は、なんとなく拍子抜けして、今田の横顔を見ていた。

狭い事務所に二人きり、という、今田にとってはめったにないおいしい状況において、彼がなんのリアクションもしてこないというのは、あの出逢いの夜からこっち、まったくはじめてのことだ。

「……………?」

体調でも悪いのかな、とちょっとだけ心配になり、慌《あわ》ててそんな考えを振り払う。

(なんでおれがこいつの心配しなきゃならないんだよ、バカバカしい……)

椅子の向きをくるりと変え、また机に向かって注文を書きはじめる。

ガー、ガー、というコピーの音が、狭い部屋に響いている。

「……なあ」

先に沈黙に耐えられなくなったのは、弘のほうだった。

「店、混んでるか?」

「……モニターに映ってないですか?」

「映ってたら聞いちゃ悪いのかよ」

「そうじゃないですけれど」

今田はまだ黙々とコピーを取っている。弘のほうをちらりとも見もしない。弘はちょっとムッとして、彼の背中をにらみつけた。

「なんのコピー？」

「チラシです」

「だから、なんの」

「新作ソフトの案内ですよ。……そんなに気になりますか？」

「……べつにっ」

私用コピーかどうか気になっただけだ、と怒鳴りかけた口の先、今田が突然振り返った。

思わずびくっと身をすくませた弘に、つかつかと歩み寄り、彼の手をガシッとつかんで握りしめる。二つの瞳は、うっとりと弘を見つめていた。

「あぁ……だめだ、やはり五分と我慢できない。あなたの気配を背中に感じながら、振り向くことのできない辛《つら》さに比べたら、地獄のほうがマシだ。ああ、モン・シェリ、弘さん……窓ガラスに映ったあなたもイイが、やはり実物とは比べようもない……！」

「ま……窓って……」

コピー機は窓に面して置いてある。その窓が夜闇の作用で鏡のようになって、弘の姿を映していたのだった。

「……そんなにまでして見るようなもんかよ、この顔が……」

「ああ……あなたは、本当になにひとつ、おわかりになっていない」

今田は、嘆息して、悲しそうにかるく頭を振った。

「ぼくにとってはあなたが太陽。二つの瞳のきらめきは宵《よい》の明星……キスしたくなるような唇もその声も、指先のほんのわずかな仕草にいたるまで、ぼくを引きつけて酔わせ、虜にしてしまうということを……ぼくは、もう、あなたのおそば以外では生きられない体なのです。弘さん。月が太陽なしで輝けないのと同じように……」

「……おまえさ、教師より俳優のほうが向いてんじゃないのか？」

「嫌です。あなた以外に愛を囁くなんて」

「おれはおまえじゃないほうがいい」

「冷たい方だ。ぼくがこんなにも熱く心をたぎらせているというのに……」

今田は、弘の手を、そっと自分の胸の上に押し当てた。弘は慌てて手を引っ込めようとしたが、動かない。

「な……なんだよ。はなせよっ」

「わかりませんか。ぼくの、あなたへの熱いときめきが」

「アホか！　はなせ変態っ。おれはおまえなんか大ッ嫌いだって云ってんだろっ！」

「……本当に？」

低い声の問いかけに、弘は、えっ、とドキッとして今田を見上げた。彼は、いつにない神《しん》妙《みょう》な表情で、弘を見つめてた。

「本当に……ぼくのことが、お嫌いですか……？」

「──」

弘は言葉に詰まった。

彼はいつもの今田ではないように見えた。暗い深淵《しんえん》の瞳──すがるような、眼差《まなざ》し。

なぜか、ドキンと、心臓が打った。

ドキドキ・ドキドキ。耳の奥で、心臓の音が大きくなる。

なんだ、いったい？　この心臓の音は。どうしてこんなに──胸が苦しい……？

「ぼくが……あなたを愛することは、本当に迷惑なのですか？　そんなにも……あなたは──」

「──」

「弘さん……」

「──お……おれは……」

「お──いッ。イッマダ〜っ。コピーまだか〜っ？」

そのとき唐突に、場違いに明るい間島の声とノックの音が、二人の間を割った。

今田は、ふうっと溜息をつくと、名残《なごり》惜しそうにじっと弘の目を見たまま、握っていた手をゆっくりとはなした。

「店長が呼んでいるようです。お名残惜しいですが、これで。……それでは」

今田は目顔でかるく会釈《えしゃく》し、ドアのほうにスッと踵《きびす》を返した。

弘はなにか言葉をかけようとしたが、なにを云おうかと言葉を選んでいるうちに、目の前でドアはバタンと閉じてしまった。

(なんだよあいつ——人の話は聞かないで)

弘はなんとなく腹立たしくなった。今田がさっさと背を向けてしまったからといって、べつに怒るような義理ではないのに、胸がムカムカした。

(チェ。イマバカ)

弘は閉じたドアにエプロンを投げつけた。

——と。突然、閉まったはずのドアが勢いよく開いた。弘はドキッとして椅子から飛び上がりそうになった。

「失敬」

今田がドアの間から、端正な顔を出す。

「忘れ物をしてしまったので」

「忘れ物?」

「I　LOVE　YOU」

ぅちゅっ。——今田の放った投げキスは、きれいにキマッて、弘の頬で弾《はじ》けて消えた。

ACT 4

「――というわけで、さっそく一発参りましょうか、弘さん」

「なにが〝というわけ〟なんだよ、なにが」

頬を撫でる今田の手を振り払う。が、返し手に両手を捕まえられて、絶体絶命、貞操の危機。

「なにって……いやだな。ぼくとあなたが二人きり、ナニと云ったらナニしかないではありませんか、愛しのあなた」

「指を舐《な》めるなっ！　はなせ変態！」

「やだな……照れなくてもいいんですよ。ふっ……かわいい人だ」

「照れるとかそーゆー問題じゃ――ちょっと待て。お……おまえどーして裸なんだよッ？」

「なぜって、あなたがそう望まれたからでしょう？」

じりじり迫る余裕の笑顔。美形なだけになお憎たらしい。つかまれた腕がほどけない――体格では勝っているはずなのに。

「ささ、脚を開いて……」

「わあっ！　やめろバカ！　はなせ――だ、だれかーっっ！　助けてくれえぇーッ」

「ダメダメBABY。叫んでもだれも来ませんよ。なぜならここは、あなたとぼくの二人きりの愛の世界……あなたの夢のなかなのですからね」

「……夢のなかぁ？」

云われてみれば、あたりは一面、淡いピンク色の靄《もや》。物音もしない、気配もない。ここには、たった二人きり。

「夢には潜在的な願望が現われるとか。……あなたの夢のなかにぼくが現われ、おまけに二人の愛の世界……ということは、つまり——」

「じょ——冗談じゃない！」

「もちろんです。ぼくはいつだって本気ですよ。ささ、脚を大きく開いて。モン・シェリ・ヒロシさん……だいじょうぶ、怖くなどありませんよ。ぼくのテクニックのすべてを駆使して、やさしくソフトに、徹底的に楽しませてさしあげますからね……」

やめろ、はなせ、冗談じゃない、おれは——おれはまだ、お天道様に顔向けできない体にはなりたくない！

しかし、抗いむなしく今田の胸のなか。抱きすくめられて息も絶えだえ。焦ればあせるほど、もがけばもがくほど、荒縄を掛けられたように手首がギリギリ締め上げられる。

「I WANT YOU MY SWEET。極楽浄土と参りましょう」

「うわあああぁぁぁ――――ッ！」

ガバッと跳ね起き目を開けば、見慣れた天井、白い壁……今田浩志郎の姿はどこにもなかった。

あるのはただ、静寂と、いつも通りの薄い闇。

（ゆ……夢――か……）

弘はぜえぜえと肩で息をした。

全身、べっとりと脂汗《あぶらあせ》をかいていた。パジャマ代わりのTシャツがまとわりついて気持ちが悪い。

枕もとの時計は四時半……まだ夜明け前だ。

喉《のど》がひりつくように渇いていた。ベッドから這《は》い下り、ふらつきながらキッチンへ行った。

ちくしょう……なんつう夢だよ……。

コップになみなみと注いだ水を二杯一気に干すと、喉の渇きもなんとか癒《い》えた。タオルを水で冷やして、首と顔の汗を拭《ふ》く。

Tシャツを替えなきゃと、のろのろと廊下へ出た。

（どうかしてる……あいつの夢なんか……）

しかも――あんな夢。裸の今田に、……抱きしめられる、なんて……！

(冗談きついぜ、っとに……――)

――カタン。

玄関から、怪しい物音。

なんだろう。新聞配達……にしては、すこし早い。

……まさか……。

弘は、ドキドキしながら、足音を忍ばせて玄関に近づいた。

狭い玄関の、白い敷石の上に、深紅の薔薇が一輪、落ちていた。

弘はそれを拾い上げると、急いでリビングに引き返し、窓に走り寄った。この窓からは、マンションの入り口を見下ろすことができる。

しばらくすると、マンションの出入り口から、黒ずくめのほっそりとしたシルエットが出てくるのが見えた。弘は窓に額をつけるようにして、目を凝《こ》らした。

去って行く後ろ姿は、たしかに今田のものだった。

あいつ……こんな時間に来てたのか……。

午前四時といえば、まだベッドのなかでぐっすり眠っている時間だ。弘が起きるのは、早くても午前九時。遅いときには正午近くて、いつも新聞と一緒に薔薇を拾っていた。だから、薔薇は、いつも半分しおれかかっていた。まさか、新聞配達よりも早く薔薇を届けに来ていただなんて。

弘は複雑な気分で薔薇を見つめた。

今朝の紅薔薇は、朝露に濡れた……とはいかないまでも、その花びらはびろうどのようにつやつやと輝いて朝陽を弾いている。

（七十四本め、か……）

ちいさな、溜息。

黒ずくめの後ろ姿が、一度も振り返らずにゆっくりと塀の向こうへ消えていくのを見届けて、グラスに水を汲んだ。チューリップ型の安物のビヤグラスにも、薔薇は高潔な姿ですんなりと立った。

（バカだな。あいつ。……こんなことしたって、なんにもならないのに）

毎日薔薇を届けたらあいつのものになるって約束したわけでもないのに……むなしくならないんだろうか。

世の中にはいろんな不思議があるけれど、あいつ以上の不思議はない。あれこそ本当の摩《ま》訶《か》不思議だ。なにを考えているのか、さっぱり見当もつかない。

それに……どうしてだろう？　なぜだか、どうしても、憎めないのだ。うるさいし、しつこいし、迷惑だし、過去に関わったいろんな人間のなかでも一番苦手なタイプのはずなのに。

……それもやっぱり、不思議のひとつだ。ほんとに本当に、困ったことだけれど。

（今田浩志郎……）

この胸の底のもやもやが、情というものなんだろうか？

思わず漏《も》れた息に、七十四本めの薔薇の花びらがかすかに揺れる。

ACT 5

弘が、十一月オープン予定の、〝AV RAN〟駅東店の店長としてめでたく栄転が決まったのは、十月中旬、空はそろそろ秋の気配を帯びていた。

そのめでたい昇進の辞令があった翌日、しかし、弘は、いつになく冴《さ》えない頭と重い気分で仕事に就《つ》いていた。

いつもならアルバイトの女の子と一緒にいられるという理由で大好きなはずのカウンター業務も、ぼんやりしていてイージーミスの続出。夜遊びのしすぎですかと笑われる有り様だ。

「どーした。浮かない顔して」

アルバイトの女の子と交代してカウンターに入ってきた間島店長が、ポンと背中を叩《たた》いた。金で刺繍《ししゅう》の入ったお洒落《しゃれ》な黒いシャツに、真っ赤なスタッフジャンパーが、妙に似合わない。

「めでたく昇進決まったってやつがさ。なんかあったんか?」

「いえ……べつに」

「……はーん。さては新店に異動すると、おれと会えなくなるんでさみしいんだろ。なーんだもう、しょーがねえなあ」

「………」

「……オイ。　相原？」

「はあ」

「んだよ……ほんとに元気ねえな」

「はあ。　……いや、べつに……」

「腹具合でも悪いのか？」

「いえ」

「女に振られたとか？」

弘は力なく首を振り、何十回めかの溜息を落とした。

「おい……相原ぁ？」

「は？」

「なによ、どーしたっての。今朝から変だぞ、おまえ。なんかあったのか？」

「……はあ……」

弘はまたちいさな溜息をついて、店のフロアにぼんやりと目をやった。

平日の昼下がり、客はまだまばらで、アルバイトの女の子が二人、ビデオソフトの棚の整理をしている。壁のモニターはさっきから森高千里《もりたかちさと》のプロモーションビデオが流しっぱなしになっていた。

「……実は……」

「ん？」

「……いや、……あの」

「………」

「……いえ。……やっぱりなんでもないです」

森高のきれいな脚にぼんやり視線を投げたまま、弘はまた溜息をついた。

「あのー、すみません」

大学生ふうの茶髪の女が、弘の前に黒いビニールの袋を差し出す。返却かと思い、ありがとうございます、と云いかけると、

「これさっき借りたんですけど……借りたやつと中身がちがうんですけど」

「えっ」

「あたしが借りたの、〝リーサル・ウェポン〟なんだけど……」

貸出用の透明パッケージの中身は、〝踊るあの子は芯から好き好き〟。新作アダルトビデオだ。

「あっ……す、すみません、こちらのミスです。どうもご迷惑を……」

「あと、さっき一緒に借りたCDも中身が間違っているんですけど……」

「も、申しわけありません、すぐに交換しますので……」

「……相原、もうここいいから、事務所でPOPでも書いてろ。カウンター、おれが見るか

ら」

「はい。……すみません」

「なんか知らんけど、しっかりしろよ。新店のオープンも近いんだからな、たのむよ」

すみませんともう一度くり返し、カウンターを出た。

二階の事務所はだれもいなくて、窓から秋の日差しがぼんやりと差し込んでいた。今日はあまり天気がよくない。雨でも降りそうな薄曇り。

弘はのろのろとコーヒーをいれ、机に頬杖をついた。

調子が出ない原因はわかっていた。寝不足だ。それと、今田浩志郎。あいつのせいだ。

起因は、今朝に溯《さかのぼ》る。

今田に七十四本めの薔薇を貰《もら》って以来、弘は、毎朝四時に起きて、彼の訪れを確認してからもう一度ベッドに潜るのが習慣になっていた。べつに確認なんてする必要はないのだけれど、あれを見ないとどうも落ち着いて眠れないようになってしまったのだ。

そして、折も折、今日は、あの七十四本めの薔薇から数えて二十六日め……つまり、百本めの薔薇が届く朝、だったのである。

百日続いたからといってやつの愛を受け容《い》れるつもりなどさらさらないし、そしてその気がない以上は、もう諦《あきら》めるように説得するのが親切というものだろう——と、弘は、温かいコーヒーと説得の台詞を用意して、今田の訪れを待っていた。

が、今田は、五時を回っても現われなかった。

遅い遅いと、待ちに待って二時間半……さすがに睡魔には勝てず、腹を立てたままベッドに入ったのが、午前七時過ぎ。空はとっくに白んでいた。そして昼近く、店からの電話で叩き起こされ、慌てて部屋を飛び出してきたときも、いつもの紅薔薇は、どこにも落ちていなかった。

つまり、今朝、今田浩志郎は、ついに現われなかったのである。

(なにも百日めにぱったり来なくなることないじゃないかよ。あの、嘘つき。……毎日来るって云ったくせに)

おまけに、文句のひとつも云ってやろうと待ち構えているのに、今日に限って今田はバイトを休んでいる。無断欠勤。この半年、無遅刻無欠勤だったあの男が。

(ったく……苛々《いらいら》するなっ。だから嫌いなんだ、あのクソガキっ……)

弘は熱いコーヒーを啜《すす》った。寝不足の胃に、濃いブラックコーヒーがじんわりと染みていく。

あいつも今頃どっかで呑気《のんき》にコーヒーなんか飲んでるんだろうか……——ふと考えて、ハッとした。

(まさか、途中で事故にでも遭ったんじゃ……)

急病で倒れたということだって万に一つはありうる。もしもそんなことになってたとしたら、来なかったのも当然だし……。

いや、まさか——でもありえないことじゃない……どうしよう？　アパートに電話してみようか？　でもあいつは一人暮らしだ。

どうしよう、どうしよう。どうやって今田に——。

「失礼しまーすっ。相原さんいますう？」

思惑を打ち破るかのように、明るい高い声が背中を叩く。

「あ、いたいた。よかった。相原さん、新店のオープンスタッフのシフト組めましたあ？」

「……ああ。ミカちゃんか……」

「どうしたんですか、ボーッとした顔しちゃって」

「いや……べつに。……シフト表だっけ」

「そういえば、向こうの店、バイト集まりました？」

「いや、まだ予定の半分……だから、しばらくはミカちゃんと間島さんにもヘルプに来てもらうかもしれない」

「でも、相原さんが異動するんだったら一緒に駅東店のほうに移りたいって云ってるバイトの子けっこういますよ」

みんな女の子ばっかかですけどね、と手渡したシフト表をパラパラとめくりながら彼女は屈託なく笑う。

「あーあ、相原さんもとうとう異動かあ……。この店もさみしくなっちゃうなあ」

「すぐ近くじゃない。どうせ事務所にはしょっちゅう顔出すし」

「そーですけど。あ、今日ね、お店閉めたあと間島さんの奢《おご》りでみんなでカラオケ行くんですけど、相原さんも来るでしょ？」

「カラオケか……」

「女の子たくさん来ますよ。相原さんの昇進祝い兼ねて、パーッとやりましょう。ねっ」

秋山はにこにこと片エクボを作っている。弘はああ、と吐息のような返事を返した。

「じゃ、シフト貰っていきますね」

「あ——あのさ、ミカちゃん」

「ハイ？」

「あの……あの、さ……今田の、こと、なんだけど。あいつ今日、休んでるだろ。なにか、理由聞いてない？」

「あれ。相原さん聞いてなかったんですか？」

彼女はきょとんとした顔で云った。

「彼、昨日《きのう》でバイト辞《や》めたんですよ」

「……辞めたっ？　今田が？　なんで」

「なんでって……だって、彼いま大学四年でしょう？　就職活動と卒論で忙しくてバイトなんかしてる暇ないんじゃないですか？　いままでだってバイト来てたのが不思議なくらいですからね。今田くんだけでしょ。ウチの店で、まだ就職決まってないのにバイトに来てたのって」

「……………」

「いまは岡山《おかやま》の実家に帰ってるんじゃないかな。なんか、さっさと就職決めろって大学と実家からせっつかれてるらしくて、地元の中学校の教師採用の試験受けに行くってこないだ云ってましたから……」

「……岡山……」

弘は、肩の力がすうっと抜けてゆくのを感じた。

よかった——事故でも病気でもない。岡山に帰ってるんじゃ、来なくて当たり前だよな……なーんだ、そうか。ったく、心配して損した……——

(ん？……ちょっと待てよ)

なんでおれがあいつの心配なんかしなきゃならないんだ。さんざん迷惑かけられてるのに。だいたいあいつもあいつだ、来られないなら来られないって電話の一本もよこせばいいものを。あのバカイマダ。だから嫌いなんだ、あんなヤツ……！

「——よおし。……決めた」

コーヒーの残りをガブリと飲み干し、弘は勢いをつけて立ち上がった。

今田が遠く岡山の空の下——ということは、今夜は誰の邪魔も入らないということだ。

ああ、数ヵ月ぶりの自由の身！　今夜こそ、誰の目もはばかることなく思いっきり羽を伸ばせる！

そうとなれば、今日こそ、今日こそ……

（ホモの汚名、返上してやる——！！）

思わず力んだ弘の手のなか、紙コップがクシャッと悲鳴を上げた。

ACT 6

「まさか弘が誘ってくれるなんて、思ってなかったわ」

からかうような口振りで美女は云う。

長い黒髪、オレンジレッドの唇、雪のような白い肌に、唇の色よりずっと明るい、オレンジ色のワンピースが映《は》える。ぐっと開いた胸もとから、黒い下着のレースがきわどく覗《のぞ》く。

「どういう心境の変化？　もう女は見限ったって噂だったじゃない。……ありがと」

差し出した水割りのグラスを受け取って、乾杯の仕草。グラスを支える指も、真っ白だ。

「晶子から例のカレのこと聞いたとき、弘もとうとう……ってガッカリしたわよ。最近のイイ男ってみーんなホモなんだもの、やんなっちゃう」

「誤解はとけた？」

「どうかしら……今夜次第ね」

「期待に沿うよ」

やわらかな髪を撫で、額にキス。

「……シャワーは？」

「ええ。ローブかパジャマ貸して？」

「タオルと一緒にバスローブかけてあるから」

「用意周到なのね。さすがは弘」

美女は足取りもかるくドアの向こうへ消えて行く。ボディコンシャスな服なのにパンティラインが出ないのは、たぶんTバックの下着をつけているせいだろう。

色っぽい後ろ姿をぼんやりと見送りながら、弘はなんとなく溜息をついた。

彼女はグラマラスでセクシーで、テクもありそうだしかわいいし、今夜の相手としてはなんの不足もない。ホモの汚名を返上するために誘った相手だけれど、なかなか好みだし、もし彼女にその気があれば今夜だけの相手ではなくつき合ってもいいと思う。でも、なにか物足りないような気がするのは、コトがあんまりスムーズに進みすぎているせいだろうか、それとも……。

「ねぇえ、弘ぃ？」

甲高い声が、弘の物思いを打ち破る。ドアが開き、彼女がひょいと顔を出した。

「これ、落ちてたんだけど」

「………！」

彼女の手には、深紅の薔薇が一輪、揺れていた。

弘は目を見開いた。

「そ……それ……どこで……」

「玄関に落ちてたのよ。弘が買ってきたんじゃないの？」

「――」

「きれいな薔薇ね」

彼女は薔薇の香りを嗅《か》いだ。

「赤い薔薇の花言葉って、たしか……心も体もあなたのものです、だったかしら……――弘？　どうしたの？」

弘は急いでリビングの窓のブラインドを上げた。

外は、墨のような闇だった。いつの間に降りだしたのか窓ガラスが雨の滴《しずく》に濡れている。街明かりも白く滲《にじ》んで、あわく青い、誘蛾《ゆうが》灯のように光っている。

弘は目を凝らして今田の姿を捜した。

きっともういない、いるはずがないと、思いながらも。

「どうしたのよ弘。だれかいるの？」

「………」

「……あら――いやだあ、見て見て、あの人。びしょ濡れじゃない？」

彼女は長い爪で、マンションの狭い門のあたりを指した。

街灯の下、門扉《もんぴ》に背もたれるようにして、彼は静かに佇《たたず》んでいた。降りしきる雨のなか、傘も差していない。ただぼんやりとこちらを――あそこからは見えるはずもない、マンションの五階の窓のほうを見つめたまま、立っている。

「……今田……！」

思わず、皺寄《しわよ》せた眉間《みけん》を窓ガラスにくっつけた。ガラスに雨の滴が反射する。

（あの、バカ……！　なにやってんだよ……っ）

あんなところに突っ立ってたって、迎えになんか行かないからな。早く帰れよ早く！　おれは知らないって云ってんだろっ。おまえなんか、死のうが生きようが知ったことじゃないんだから。

（バカ今田……！）

試験終わったばっかのくせに。岡山からの長旅、疲れてないわけないのに。なのに、どうしてそこまでするんだよ？　おれはおまえなんか好きじゃないんだぞ。おまえなんか、おれは、おれは、おれは――

「なぁに。あの変な人。知ってる人？」

「……」

「どうしたのよ、そんな顔して。……あー。もしかして、あの人が弘のあの噂のホモ相手だったりしてぇ？　やーねえ、もう。弘ったらやっぱりホモだったたのぉ？」

「……」

「いやーね、冗談よ、じょ、う、だ、ん。ね、シャワー浴びるけど、弘も一緒に入るぅ？」

「……」

「……ちょっと？　弘？　弘ったら」

「……」

「なによ……どうしたのよ、まさかホントに――」

「ッさいな、ちょっと黙ってろよっ」

「……」

「……あ」

しまったと、思ったときには遅かった。

――パァン！

振り返った左頬、彼女の投げた薔薇の花が炸裂《さくれつ》した。

……雨はそぼ降る。

アスファルトの大きな水溜《みずた》まりが、街灯の光に反射して、銀色に輝いている。塀沿いの植え込みの常緑樹の緑色の葉が、薄闇のなか、キラキラと露を弾く。

弘はゆっくりと彼に近づいていった。

今田は動かない。門扉にもたれて突っ立ったまま、ぼんやりと弘を見つめている。趣味のいい高価そうなジャケットが、雨に濡れてべったりと体に貼りついている。雨の滴が前髪から細いおとがいにまで伝って、ポタポタと滴《したた》り落ちていた。

「……風邪、ひくぞ」

弘は、ぶっきらぼうに云って、今田に傘を差しかけた。

今田は驚くでもなく、ただ不思議そうに、遠いものを見つめるような目つきで弘を見上げた。

「……弘さん……？」

「ほら。タオル。……拭けよ」

大きな白いバスタオルを、頭からすっぽりとかぶせてやる。今田はなにも云わずに素直に顔を拭《ぬぐ》った。弘を見つめたままだった。

「こんなところに突っ立ってて、風邪でもひいたらどーすんだよ。肺炎なんかで死んだら、おまえのご両親に申しわけが……」

「………」

「──なんだよ。なに見てんだよ」

「あなたを」

今田はかすかに声を詰まらせた。

「目をそらしたら、幻のように消えてしまうのではないかと思って……。……本当に……夢のようだ……あなたから、わざわざぼくに会いに来てくださるなんて……」

「………」

弘は、困ったような、照れ臭いような、ちょっと複雑な思いでうつむき、試験は？　と思い出したように訊《き》いた。

「採用試験受けに、岡山に帰ったんじゃなかったのか？」

「試験を終えてすぐ、飛行機に飛び乗って帰ってきたんです。百本めの薔薇を、どうしても、今日中にお渡ししたくて……もっとも、約束とは程遠い時間になってしまいましたが……」

「………」

「でもよかった……お逢いできて。薔薇、ちゃんと受け取っていただけたんですね……急いで帰ってきたかいがありました」

「……どうしてだよ」

弘は、下を向いたまま訊いた。

「どうして、こんなことに、一生懸命になれるんだよ。……毎日薔薇届けたらおまえのものになるって約束したわけでもないのに――おまえ、バカだ。……ムダなのに」

「ムダでもいいんです」

「………」

弘は顔を上げて今田を見た。

彼はやさしく弘を見つめていた。胸の底が熱くなってしまいそうな、切なげで真摯《しんし》な眼差しだった。

「たとえムダでも……ぼくはかまわないんですよ、弘さん……。ぼくはただ、あなたに、ぼくの愛が本物だということを、伝えたかっただけなんです」

「……」

「ムダなことと笑ってもかまわない。でも、どうか——ぼくの想いだけは、否定なさらないでください、モナムール……」

「おれのことなんか、好きになるだけ損だぞ、ぜったい」

「どうして？　あなたという運命の恋人に出逢えたことを、ぼくは神に感謝しているほどですよ」

「……——やっぱり、ヘンだ。おまえって」

「あなたがおっしゃるのなら、きっとそうなのでしょうね」

今田は苦笑を浮かべた。

「でも……それでも心に、嘘はつけない。あなたを愛するためだけにこの世に生まれてきたぼくです。愛の言葉は、ほかのだれにも囁けない」

「……」

「愛しています、弘さん……あなた以外に、なにもいらない」

「……」

弘は、そっと、下唇を噛《か》んだ。

なんだか、胸のあたりに、甘酸《あまず》っぱいものがこみ上げてきていた。キュンと痛いような、切ないような、痒《かゆ》いような、妙な感じだった。

なんだろう……、この、青リンゴの香りのしそうな胸の切なさは……？

「……おれ……」

弘は、ためらいがちに、ゆっくりと口を開いた。

「おれ……さ、おまえのこと、愛してはいないけど、……でも、嫌いじゃない、と思うから」

「……」

「だから、その……薔薇、ありがとな」

「弘さん……──」

今田は、冷え切った手で弘の両頬を包み、彼の顔をそっと覗き込んだ。

弘は真っ赤になった。傘を持つ手が、なぜか、震えた。

「……まいったな」

今田は眉間をかすかに皺寄せた。

「キスしたくなってしまった……」

「なっ……」

「いいえ！　いいえいいんです、わかっています。ぼくのような男があなたの桜貝のように愛らしい唇を奪う資格があるはずがない。朝露の乾いてしまった薔薇を真夜中に届けるような男には、あなたの唇にふれる資格なんて――」

「……」

「ああ……でも……」

今田の指が、弘の下唇をすうっとたどる。

「せめて一度……あなたとくちづけを交わせたなら……たとえその日を最期にこの命を落とそうとも、ぼくはきっと、後悔しないでしょう……」

「……一回だけなら……」

言葉は思わず口をついて出た。湯当たりしたみたいに頭のなかがぼんやりとして、はじめ、自分でもなにを云ったのかわからなかった。口が勝手に動いたような感じだった。

「ほ……本当――に？」

今田はびっくり目で弘を見返す。

「いまのお言葉、本当ですか弘さんっ!?　本当にその唇を、ぼくに……っ？」

「……あ……」

弘はハッとした。やっと頭が冴えて、自分がなにを口走ったのか理解し、こめかみから首までカアァッと熱くなった。なに云っててんだバカ、さっさと取り消せ、と思うのだけれど、思いもよらなかった自分の台詞に自分で愕然《がくぜん》としてしまって、言葉が出てこない。

「弘さん……！」

「い、いや……あの……」

なんて云ってごまかしたらいい、焦ればあせるほど言葉は逃げていく。顔が熱い。耳の付け根まで熱い。こめかみがドクンドクン脈打っている。

「えーと、あの……だからその……」

「ああ……まるで夢を見ているようだ……！　あなたの口から、接吻《せっぷん》のお許しをいただけるなんて！」

「い、いや、あの、だから」

「なんという、なんという感激！　トレヴィアーン！　ああ、これで風の日も雨の日も百日通いつめたかいがあったというものだ！」

「あの、今田、だから、その、おれは」

しどろもどろ、言葉に窮してまごついていると、今田が突然、云った。

「いいや――待てよ……こんなにうまくいくはずがない……。なんの見返りもなく幸《さち》を得ることができないことくらい、いまどきの子供でもわかること。これはきっと、悪い夢か、さもなくば、悪魔の取り引きに違いない……！」

「……へ？」

「もしや、弘さん——あなたのその唇と引き替えの、なにか恐ろしい条件があるのでは……!?」

「あ…そ——そう、条件、そうだよ」

今田の激しい勘違いに、渡りに船と大きくうなずく。

「そうだ、うん、条件つき！　条件つきに決まってるだろ！　そうでなきゃ誰が、一回だっておまえなんかと！」

「やはりそうでしたか……。ええ、わかっていますとも。無条件な幸福など、この世にありえるはずがありません。——して、その条件とは？」

「それは……だ……だから、それはその……」

「も——もしや……！」

早呑み込みの帝王は、またもなにかひらめいたらしい。今度はなんの思いつきにか、秀でた額がさあっと青ざめる。

「もしや……その愛らしい唇と引き替えに、あなたのことをきっぱり諦めると約束をしろと——もしや、そうおっしゃるのでは——！」

「え……」

「おぉ——そんな、無体な——どうやってあなたを諦めろというのですか？　あなたを愛するためだけにこの世に生まれてきたこのぼくに⁉　それはむごい……あまりにむごい要求ですよ、弘さん！」

「い、いや、べつに、おれは」

「人を愛する心を止めることはたとえ神にもできません……寝ても覚めてもあなたを求めてしまうこの心に、どうやってあなたを愛するなと言い聞かせることができましょう？」

「ちょっと、待てよ、だれがそんな条件——」

「あぁ……けれど、断わってしまうには、あまりにも甘いその誘惑……！　なんというむごい選択だ。ぼくにはいまのあなたが、天使の顔をした悪魔に見えます……！」

「………」

一言挟む隙《すき》もない。弘は、一人青ざめて苦悩に浸っている今田を、呆気《あっけ》にとられて見つめた。

助かったけど、なんてやつだよ……思い込みが激しい性格だとは思っていたけれど、ここまですごいとは想像していなかった。

「……わかりました、弘さん」

「な……なにが」

「この際だ、背に腹はかえられない……あなたの、桜の花びらのような唇を吸うという夢が現実になるとあらば、この今田浩志郎、死にも等しいその過酷な条件、断腸の思いで呑みましょう……」

「……」

「くちづけと引き替えに、二度とあなたの前に現われないと、いまここで、あなたへの愛にかけて誓います。ですからあなたも誓ってくださいますね。ぼくと、たしかに約束すると。その唇をくださると」

「それは——」

「弘さん」

「……わ、わかったよ。誓うよ。誓えばいいんだろっ」

こうなったらヤケクソだ。なんの気の迷いだったのか自分でもわからないけれど、こんなことになったのは、けっきょくは自分の蒔《ま》いた種。第一、キスひとつで厄払いができるなら安いものだ。

「た、ただし、一回だけだぞ！　一回だけだからな、ぜったいだぞッ」

「男に二言はありません」

今田はきっぱりと断言した。

「云ったはずですよ、たとえ一度でもいい、その唇を吸えるなら、そのまま死んでも悔いはしないと」

「……」

「でも弘さん……あなたを諦めることなんて、ぼくにはできない。せめて、あなたを想うことだけは、許してください、アムール……。遠くからあなたを愛しく思う……それですら許されない罪なのでしょうか……？」

「……勝手にしろよ」

「あぁ……弘さん……！」

今田の両腕が、弘をギュッと抱きしめる。

手はゆっくりと腰に、背中にまわり、五センチの身長差もなんのその、端正な美貌がゆっくりと、弘の唇に近づいてくる。

……ああ、こいつ、いい顔してんだよなあ……女の子が騒ぐわけ、わかる気がする……切れ長の目、まつげが長い——……

「——う……わあっ！　ちょっと待った、ストップッ！」

「この期《ご》に及んでストップとは、ぼくを欲求不満にするつもりですか」

今田は不服げに眉根を寄せる。

「さあ……弘さん……目を閉じて」

「だ……ダメだ！　いっ……今はダメだっ！　そのっ……こここ心のじ、準備ってもんが……っ」

「では、いつなら？」

「……こ……今度……——今度、会ったとき——」

「ええ……弘さん！」

今田は感涙にむせんだ。

「次の逢瀬《おうせ》……そのときこそは、ほんとうに、その唇、くださるのですね？　本当に？」

「う……」

「わかりました。いますぐ思いを果たせないのは残念ですが、楽しみはあとに取っておいたほうがおいしさも倍増するというもの。……次にお会いできる日を、心待ちにしていますよ、モナムール」

「……うぅ……」

「ああっ！　とうとうそのストロベリィのような愛らしい唇を思うさま吸うことができるんですね！　これはさっそくベェゼの練習に励《はげ》まねば」

今田は弘の手を取り、両手でギュッと強く握りしめた。

「弘さん、必ずや、ぼくは、あなたのご満足のゆく接吻の奥義を体得してみせますよっ」

「うううう……………」

ああ楽しみだなあ、と、遠い目でうっとりと微笑《ほほえ》んでいる今田を見て、いまになってどっと後悔がこみ上げてきた。

どどどどどうしよう――キスの一度や二度減るもんじゃないしこれでこいつにつきまとわれなくなるんだったら万々歳《ばんばんざい》だけどでも、でも、でも――

「……あっ……あのさあ、今田……あの……やっぱしおれ――」

「おお！」

唐突な今田の叫びに、弘はびくっと体をすくませた。

「いけない、もうこんな時間だ。……弘さん、お名残惜しいですが今宵はこれまで。明日か明後日《あさって》か、それはわかりませんがとにかく、次回の逢瀬を心より楽しみにいたしますよ、マイ・ハニィ。では……Good night & Have a nice dream……」

情人の手の甲に、んちゅっとキスし、今田浩志郎はくるりと背を向けて門の外へ走り出す。

弘に一言喋る隙さえ与えず、彼の後ろ姿は、降りしきる雨と光のなかに、消えていった。

（……ど……どう……しよう……）

押し寄せる後悔に膝が笑う。

や、やっぱり……約束なんかしなきゃよかった……！

後の祭り、である。

ACT 7

十一月の秋空は、すがすがしく青く高く晴れわたっていた。

〝AV RAN〟駅東店。オープンを明日に控え、弘は、最終チェックと店内のディスプレーに追われていた。

アルバイトの大学生を三人使って、CDとビデオのケースの陳列、ポスター貼りと、埃《ほこり》だらけになりながら細々とした作業に精を出しているところへ、間島と秋山が、差し入れを提げてやってきた。

「よっ、相原。助《すけ》っ人《と》に来たぜ」

「こんにちはぁ。だいぶ準備進んだみたいですね」

「まあ八割方ね」

ジーンズの尻の埃をパンパンと払いながら立ち上がる。

お茶にしよう、と秋山が、持参してきたビニールシートを床に広げた。この店の事務所にはまだ机が入っていないし、人数分の椅子も揃《そろ》っていないので、食事といえばもっぱら隣のファミリーレストランか、こうして床に弁当を広げることになる。

「本店のほう、どう？　なにか変わったことあった？」

「変わったことっていうのは特にないですけど……」

「あー、そういや、昨日、社長が社員採用の面接やってたな」

「社員？　バイトじゃなくて？」

「ああ。それも、来年卒業予定のバリバリの新卒だとさ。その場で内定決まったらしいぜ」

「へええ」

「そいつが、卒業までは見習いでこっちの店に入るって、お社長云ってたけどな……」

「マジ？　ラッキー。助かった。バイトなかなか集まんなくてさ……」

「でも、大卒でウチに就職するなんて物好きですよねえ……いくら就職難だからって。お給料安いのに」

「AVオタクだったりしてな」

「なんだ。女の子じゃないんですか」

「んにゃ。残念ながら男だって話」

ポテトチップスをつまみながら、間島は目もとをニヤッとさせた。

「ま、相原にゃ、今田以外だったらなんでもいいんだろーけど」

「今田くんていえば、あれっきり連絡ないんですか？」

インスタントコーヒーをみんなに配りながら、秋山が弘に訊く。

「うん……まあ」

「そういや、ミカちゃん、あの賭けどーなった？」

「けっきょく今田くんがバイト辞めちゃったし、卒業したら岡山に帰るらしいっていうんで、あたしの一人勝ちでしたけど……」

でも、と秋山は呟《つぶや》くように云った。

「賭けといてこう云うのもなんだけど……あたし、もしかしてうまくいっちゃうかもしれないなーって思ってたんですよねえ、ホントは。相原さんて、苦手な人にはとことん冷たいし声もかけないのに、今田くんのことは、嫌いだ嫌いだって云ってるわりにはなにかと気にかけてたみたいだったから」

「べつに気にしてなんかいないって。あいつが勝手にしつこくつきまとってただけだよ」

「そうかなあ」

「そうだよ。べつにおれは……あんなやつ……」

云い淀《よど》み、弘は、ふっと唇を噛んだ。

気にならないと云えば、きっと嘘になるだろう。

あの雨の夜から今日までの一週間、この店のオープンのために駆けずり回っていて、寝る暇もないほど忙しかったけれど、今田のことを思い出さない日はなかった。なにしろ次に逢ったときには、あの恐ろしい約束を果たさなければならないのだ。

いつ現われるか、今日か明日かとドキドキしながら待っているのだが、今田はいっこうに現われない。それどころかこの七日間、電話すらかかってこない。手紙もこない……これで気がかりでないはずがなかった。

「――ああっ！」

間島の隣に座ってコーヒーを啜っていた秋山が、びっくりするほど大きな声を出した。

彼女は店の入り口のほうに顔を向けて、なにか、見てはいけないものを見たような表情で、コーヒーカップを両手で握ったまま硬直している。

「な……なんだよ、急にデカイ声出して」

「どうした、ミカちゃん。お化けでもいたか」

「……あ……あ、れ……」

「んぁ？」

「なに？」

「あれ……」

震える指が、入り口のほうを指す。

「い……今田、くん……」

「え？」

みんながいっせいに振り向いた、その瞬間、ガーという音とともに、入り口の自動ドアが、ゆっくりと開いた。

「……っっ！」

心音が、一オクターブ跳ね上がった。いや、実際、床から三センチ飛び上がった。

素通しの自動ドアから、颯爽《さっそう》と現われたスマートな男……それは、リクルートスーツで身を固めた、まぎれもない、今田浩志郎であった。

「やあやあやあっ！　おはようございます弘さんっ。いやいや、今日からは敬意をもって、店長、と、そうお呼びせねばならないのでしたね。昇進おめでとうございます弘さん、いや、相原店長。この今田浩志郎、心よりお祝い申し上げますよっ！」

今田は両腕を大きく広げてニコニコして近づいてくる。

「い——いいいいい今田っっ？？」

弘は目をパチパチしてリクルートスーツの男を見つめた。間島も秋山もアルバイトも、目を真ん丸にして彼を見つめている。

「どっ……どうしてここに……⁉」

「どもってます弘さん。かわいいな。ぼくと逢えたことがそんなにうれしいんですね？」

「だれがうれしいかッ！」

「またまた、そんなつれないことを。そんなことより、さっ、どうぞ受け取ってください。あなたのために選んだ紅色です」

「………」

弘は、体を硬くして薔薇を受け取った。顔が赤くなっているのが自分でもわかる。鼓動がドキドキ速すぎて、心臓が口からはみ出しそうだ。

なにもこんなところで会わなくったって——今田のことだ、きっとあの約束を果たせと迫りに来たに違いない。……やっぱり……ここでキス、しなきゃならないんだろうか……!?

(じょ……冗談じゃないぞ、こんなところで……)

どうしよう逃げなきゃそうだ逃げよう逃げるんだ！——しかし出口はひとつ、それも今田の真後ろだ。これぞほんとの絶体絶命！

(ちくしょうっ……やっぱりあんな約束するんじゃなかった……)

なんであのとき取り消さなかったんだろう。いっそ忘れた振りをしてしまおうか。

ああ神様！　この先つきまとわれたっていい、願わくば、どうか今田があの約束を、忘れてしまっていますように……！

「……弘さん？　どうかなさいましたか」

「べべべべつにっっ」

「でもお顔が赤いですよ。……どれどれ」

うわあっよせッ！　その顔それ以上近づけるなっっ！

「……うーん……お熱はないようですね」

「ばか、はなせよっ」

「動いては熱が測れませんよ」

「……なんか、おれたちお邪魔みたいだな」

間島が、よっこらせ、とかけ声をかけて立ち上がった。つられたように秋山もアルバイトたちも次々と立ち上がる。

「休憩にすっか。おれら外でメシ食ってくるわ。一時間したら戻るから」

「そうですね。お腹《なか》もすいたし」

「そいじゃーな、相原」

「じゃ、今田くん、ごゆっくり」

「ちょ——ちょっと！　間島さん！　ミカちゃん！　待っ——」

五人を追おうとしたが、素早く動いた今田の手に捕まえられ、逃げようともがいているうちに五人は連なってさっさと店を出ていってしまった。

「おやおや、気をつかわせてしまいましたね」

「なんなんだよいったい——なんでおまえがこんなところにいるんだよっ」

「どうしてとはつれないお言葉。逢いたい心があなたの元へ、ぼくを引き寄せたのですよ弘さん」

広い、静まり返った店のなか、今田の声が妙に響く。

「やっと二人っきりになれましたね……。この七日間、ぼくはこのときをずっと待っていたのです。……逢いたかった。弘さん……」

（う……っ）

やっぱり忘れていなかったか——……っ！

弘はギュッと目をつむった。だめだ。もう逃げられない。

かくなる上は、男らしく覚悟を決めて、約束を守るしかない。なにしろ自業自得なのだ。

（や……やってやる！　キスの一回や二回、なんだってんだっっ）

キスさえすればもう二度とこいつにつきまとわれる心配もない。心休まる夜が取り戻せるのだ。そう思えばなんてことはない。だいたい、ここで逃げては男がすたる。すたってもいいけど、情けない。

「——実は……弘さん」

今田は、いつにない真剣な表情で、弘に向き直った。

「まずは、お詫《わ》びをしなければなりません。あなたに百本めの薔薇をお渡しできなかったこと……心からお詫びいたします。申しわけありませんでした。こんなぼくを、お許しいただけますか……？」

「……え……？」

——百本めの薔薇？

それならおまえ渡しに来たじゃないかと云いかけた弘の台詞を引ったくるように、今田は言葉を継いだ。

「百日めのあの朝は、故郷の岡山へ、教職の採用試験のために戻っていたのです。あの日は、試験を受ける前から体調が悪かったのですが、夜になってからますます熱が上がってしまったようで……試験を終えてから、なんとか東京まで戻ったことは戻ったのですが、高熱のために途中で力尽きてしまったらしく、ぼくともあろうものが、途中で倒れてしまいましてね……四十二度の熱を出して、意識不明で、五日ほど入院していたんです」

「意識不明ぃ!?」

「一昨日《おととい》、退院したばかりなんですよ。ハハハ、まいったなコリャ」

今田はちっともまいってないような顔で云った。

一週間前といえば、ちょうど、あの百本めの薔薇を届けに来た雨の日だ。

「あんなに雨降ってたのに傘も差さないで突っ立ってるからだ。だからおれが云ったのに……」

「雨?」

今田は不思議そうに首をかしげた。

「あの日は東京は雨だったのですか? 覚えてないな……なにしろ、空港からの記憶が、まったくないんです。羽田《はねだ》からモノレールに乗ったところまでは覚えているのですが……いかんせん、その後がさっぱり。なにしろ、気づいたら病院のベッドの上だったものですから」

「……そうそう……その入院中に、弘さんの夢を見たんですよ」

「おれの夢……？」

「ええ、それはもう、すばらしい夢でした。ぼくはその夢に励まされて、たった五日で退院し……しかも、就職の内定を貰うことまでできたんですよ！」

「……そりゃよかったな」

弘は少々投げやりに云った。

「喜んでくださいますか、弘さん」

「まあな。で？　おまえ田舎《いなか》で教師になるんだっけ？」

「いいえ。ＣＤ＆ビデオレンタル店の店員です」

「……は？」

「今田浩志郎、昨日、十月三十一日付けで〝ＡＶ　ＲＡＮ〟正社員として就職内定をいただきました。そして、本日から大学卒業までは、ここ〝ＡＶ　ＲＡＮ〟駅東店に、社員見習いとして配属されること、社長から先ほど言い渡されたばかりです」

「――なにいィッ⁉」

「や、うれしいな。そんなに喜んでくださるなんて」

「喜んでないっ！　なななななんでっっ！　教員は⁉　採用試験は⁉」

「教員採用の試験ですか？　ええ、受けたことは受けましたが、熱が高かったせいか、面接で滑りまして、みごと不採用でした。それに、岡山に帰った本当の目的は、実家の両親に東京で就職することを報告するためだったんですよ。義理で一応受験はしましたが」

「……………」

――絶句。

いったい、どういうことなんだ。次に逢ったときキスしたら、二度とおれの前には現われないと約束したはずなのに。それじゃ、キスは諦めたってことなんだろうか……？

今田の真意をはかりかねていると、さらに彼は云った。

「そうそう、入院中に見た、夢のことですけれど」

「……夢？」

「ええ。それはもう、とっても幸福な夢を見たんです。……しとどに降る雨の夜、百本めの薔薇を手渡しに行ったぼくに、弘さんがそっと傘を差しかけ、真っ白なタオルで髪の滴を拭ってくださるんです。そして……なんと、キスの約束までするんですよ！　たった一度きり、次の逢瀬でのくちづけを約束して、二人は別れるんです。ねっ、すばらしい夢でしょうっ？」

「――――」

「ああ……！　あれはきっと、天使が見せてくれたスウィート・ドリームだったに違いない……！」

「――」

……夢……？

「……今田」

「はい？」

「……夢って……じゃあ……まさか、おまえ……あの約束のこと……もしかして、覚えてない、のか……？」

「は？　約束？　なにかぼく、あなたとお約束をいたしましたか？」

「………」

弘は絶句し、口を阿呆《あほう》みたいに開いて今田を見つめた。今田はきょとんとしている。

（……こ……こいつ……）

ぜんぜん……覚えてないのか……？

じゃあ、……さっきまでのおれの苦悩は？　あの決死の決意は？

あれはいったい……いったい……なんだったんだ――!?

「うーん……それにしてもいい夢だった。……おお、そうだ、弘さん！」

今田は瞳を輝かせて、弘の手を胸に引き寄せ、力をこめてギュッと握りしめた。

「いっそこの場であの夢を正夢にしてしまいましょうっ。就職祝いにキスしてください！

下半身にビンビンジンジンきちゃうような、キョーレツなヤツを一発！　さあさあさあッ！　いますぐいますぐいますぐ、ぶっちゅうぅぅぅ〜っと！」

「——……な……」

「ハイ？」

「……なにが……なにが正夢だ、この——タコーッ！」

ビシャッ。

キスの代わりに花束が飛んだ。今田の頬で薔薇が炸裂。美貌に数筋、紅薔薇の刺《とげ》が派手な引っかき傷を作る。

「ど……どうなさったのですか、マイ・スウィート？？？　ぼくがなにかお気に障るようなことを……？？？？」

「うるさいうるさいうるさい、うるさーいッ！」

弘は叫んだ。今田はキョトンとして、激昂《げっこう》する弘を見つめている。

——そうなんだ。今田ってしょせん、こんなヤツだったんだ。

人の話はぜんぜん聞いちゃいない、世界は自分で回している、ご都合主義のお気楽ロマンチスト。忘れてたおれがバカだった、ちくしょう！　こんなやつこんなやつ、こんなやつッ——

「おまえなんか、おまえなんかっ……大っ嫌《きれ》えだ——ッッ!!」

お願い！ダーリン

頃はといえば、まさに、夏の入り口。

梅雨《つゆ》明け宣言も間近の、じめじめじくじく、東京の夏。夏を過ごしにくい都市世界ナンバー3と、悪名高き日本の首都は、今日も不快指数90パーセントを記録していた。

「相原《あいはら》あ。なーんか、おまえ、最近、痩《や》せたんじゃないのか？」

「……はあ」

憂鬱《ゆううつ》な溜息《ためいき》をつきつき、スパゲティミートソースをフォークでぐちゃぐちゃにかき回している相原弘《ひろし》を、間島《まじま》が隣から、怪訝《けげん》そうに覗《のぞ》き込んだ。

弘の勤めるレンタルCD&ビデオショップ〝AV《エーブイ》　RAN《ラン》〟駅東《えきひがし》店から、歩いて三分ちょっとのスパゲティ専門店。ちょうどランチタイムで、店はOLや学生で賑《にぎ》わっている。

「……なんか、このごろ食欲ないんですよねえ……」

「夏バテか。まあ無理もねえな、この暑さだし」

「はあ、まあ……。暑さのせいだけでもないですけどね……」

「あ？　ほかにもなんか理由があんの」

「……あるもなにも」

弘は粉っぽいオレンジジジュースをストローで啜《すす》りながら、ゲル状になったスパゲティを、ますますぐちゃぐちゃにかき回した。

「やつ、やつのせいで夜も落ち着いて眠れないわ、電話恐怖症にはなるわ、おちおち夜遊びにも出られないわ睡眠不足で食欲不振にはなるわ……最近じゃ、仕事に行くのも苦痛で苦痛で……身も心も細る思いってヤツですよ、まったく……」

「はあーん。あいつ、か……」

間島は訳知り顔で大きくうなずいた。

「なるほどね。そりゃ無理ないわ」

「でしょう？　ったく、あのヤローときたら……」

弘が、自分をここまで追い詰め苦しめている悪魔のような男について、さらに愚痴《ぐち》をこぼそうと口を開きかけたときだった。軽やかなドアベルの音がして、四人連れの男たちがレストランに入ってきた。

弘は何気なく彼らに目をやった。と、そのなかの、おそろしく派手なゴルティエのシャツに身を包んだ、すらりと痩せた若い男と、バチッと音を立てて目線が合った。

「……げぇぇ……っ……！」

「あぁ？」

声を呑《の》んで硬直した弘を見て、なんだあ？　と間島がドアのほうを怪訝そうに振り返る。

「あれ……なんだ。よお、今田《いまだ》！」

「あわ、あわ、あわわ……」

弘は思わず椅子《いす》ごと後ずさって逃げようとした。

が、時すでに遅く——

「ひィーろォーしィさあぁぁーんっっ！」

ゴルティエのシャツの男は、両腕を大きく広げ、店中に響く奇声を発しつつ、弘へと突進してきたのである。

ACT 1

「ややあややあっ、おはようございます弘さんっ！」

今田浩志郎《こうしろう》は、レストラン中に響く大声で叫びながら、テーブルを囲む弘たちのほうへと、自分の連れなぞ置き去りに、ずかずかとものすごい勢いで近づいてきた。

「ここで会ったが百年め……もとい、公休日というのにこんなところでお会いできるとは、やはりぼくたちは赤い糸で結ばれた運命なのですねマイ・スウィート！　今日はいつにも増してお美しい。まるであの太陽の輝きをそのまま写し取ったかのようなまばゆさだ。ああ……まさにあなたこそぼくの太陽の女神！」

今田は弘の手を取り、その手の甲にうやうやしく唇を当てた。

店内は水を打ったようにシンと静まり返って、この、とうてい冗談ごととしか思えない一幕を見つめている。

今田のあまりにも突然の出没に、逃げるチャンスを失った弘が、恥ずかしさのあまり椅子の上で硬直したままでいると、隣から間島が、のんびりとした声をかけた。

「よー、今田。偶然だな」

「やっ！　どうも間島さんっ、オハヨウございますっ」

間島は、レンタルビデオ〝ＡＶ　ＲＡＮ〟本店の店長で、今田浩志郎の直属の上司に当たる。今田がまだアルバイトをしていたときからの長いつき合いなので、当然、こうした事態にも、弘以上になれっこになってしまっている。

「あいっかわらず元気だねえ、この暑いのに。若いなあ」

「いえいえ、こんな暑さなぞ、弘さんの顔を見ただけで三億光年の彼方《かなた》まで吹っ飛んでしまいますよっっ」

「……おまえが吹っ飛んでけ……！」

弘はちいさな声で呟《つぶや》いたが、はっはっはーっっと豪快に笑い飛ばしている今田の耳にはその声は届かなかったようだった。

もっとも、聞こえたところで、彼がこの場からおとなしく消えてくれるわけがないということは、弘自身、嫌というほど身にしみてわかっている。まともに相手にするだけ体力のムダというものだ。

この、歩くハーレクインロマンス変態男……その名も、今田浩志郎という。そしてこの今田こそ、弘の体力減退、意気消沈の元凶にほかならない。

いまから一年と半ほど前。酔っぱらって道端《みちばた》に大の字になった弘を今田が助け起こしたのが、そもそものはじまり。以来、弘を「運命の恋人」だの「マイ・スウィート・ローズ」だのと呼ぶこのイカレポンチは、いくら蹴《け》られようが怒鳴られようが、昼夜を問わず弘を追いかけ回して熱烈な愛を囁《ささや》き、そしてそれだけでは飽き足らず、なんと、この春から、弘の勤めるレンタルビデオ店に就職してしまったのである。

生まれてこの方二十五年、挫折《ざせつ》という挫折を知らずに歩いてきた〝ダラシのヒロシ〟の異名を取る相原弘の順風満帆《じゅんぷうまんぱん》の人生は、この爆弾変態男との出会いによって、まさに悪夢の日々に塗り替えられてしまったのだった。

（ったく……なんて日だよ……）

どうして真っ昼間からこんなやつと出くわさなきゃならないんだと、弘はこの街の狭さを呪った。

「いいのか、今田。連れほっといて」

「かまいません、どうせ大学時代の友人です。彼らと旧交を温めるよりも、こうして弘さんの花のようなお顔を見つめているほうがせっかくの休日の有効利用というもの。先ほど店を覗いたとき、事務所にもいらっしゃらなかったので、また今日も会えなかったかとガッカリしていましたが……ああ、なんてすてきな偶然なんだ」

「あれ、おまえ、相原に会うの久しぶりなの？」

「ええ、実はそうなのです。このところ職場でもすれ違いばかりで……。弘さんは駅東店店長、ぼくは本店と駅西《えきにし》店を行き来する、新入社員とは名ばかりのしがない雑用係……。同じ会社の社員でありながら、こうして弘さんのお顔を拝見するのも、実に一週間ぶり。もうすこしで欲求不満で倒れてしまうところでした」

なにが一週間ぶりなもんか、と、一昨日《おととい》の夜に行きつけのクラブで待ちぶせされて、抱きつかれ愛を囁かれキスを迫られ、あげく同伴していた美女に肘鉄《ひじてつ》をくらった悲しい男は、腹のなかで苛々《いらいら》と毒づいた。

人の行くところ行くところ、ことごとく待ちぶせはするわ、あとはつけるわ……ここで会ったのだって、本当に偶然かどうか怪しいものだ。

「弘さんに逢いたい逢いたい、逢いたいと、近所のお稲荷《いなり》さんに毎日願をかけていたかいがありました……。すれ違いばかりの日々のなか、さみしい心を慰めるためにできることといったら、弘さんに毎日ラブレターを送ることとや、毎朝毎晩お電話して愛の言葉を留守番電話に吹き込むことや、弘さんの遊びに行きそうなクラブやバーをチェックして毎晩張り込むことくらいで……。でも、ぼくがこんなにしているというのに、弘さんは手紙のお返事も電話もくださらず、もう、この先なにを支えにして生きていけばいいのかと途方に暮れていた次第なのです」

「うーん、そりゃ気の毒に。泣ける話だよな……。なあ相原?」

「なにが気の毒ですかっ！　泣きたいのはおれのほうですっっ」

「まーたまた。いいかげん今田の気持ち受け容《い》れてやれよ。おまえだって、ここまで愛されたら本望だろが」

「人ごとだと思って……。人の不幸で楽しまないでくださいっっ」

「まあまあ。あ、そいじゃ、おれは先に戻るからな」

「ええっ？」

「じゃーな、今田。ま、相原とゆっくり愛を語らってくれよ」

「はいっ、ありがとうございます、間島店長！」

「ちょっ……ちょっと、間島さん！　おれも戻りますよっ。冗談じゃ……」

「まあまあ。ゆっくりしてけって。おまえまだあと三十分休憩残ってんだからさ」

バイバイ、と手を振って席を立つ間島を追おうとしたが、今田にガシッと手をつかまれて、椅子の上に逆戻り。

「はなせよ、こらっ」

「………」

「おい、はなせって、今田！　こら今田っ。……今田っ？」

「……あ、……」

今田はやっと我に返ったようにハッと顔を上げた。

「ああ、……すみません。つい、あなたのシリウスのように輝く瞳に見とれて、言葉を失ってしまいました」

「………」

弘はうんざりしてうなだれた。もう、怒鳴る気力も湧《わ》いてこない。

「ああ……モナムール、どうか、もっとこっちを向いて、花の顔《かんばせ》をよく見せてください……その水晶のように輝く瞳や、睡蓮《すいれん》の花びらのような唇が、ぼくの記憶のそれと相異ないかどうか――ああ、いいえ、夕暮れの海原《うなばら》のような刻々と色を変えてゆくあなたの美しさを、一己《いっこ》の記憶に留めておけるはずがありませんね。昨日《きのう》より今日、今日より明日、あなたは日に日にまぶしくなってゆく……そのたび、ぼくの恋心と不安は募ってゆくばかりです、マイ・スウィート。咲き染めの薔薇はだれにもその美しさと馨《かぐわ》しさを悟られぬうちに摘んでしまうべきだとだれかが云《い》っていた……これ以上あなたの魅力をぼく以外のものに悟られぬうちに手折《たお》ってしまうべきなのか……だが、黄金色の野生の豹にも似た気高いあなたを、ぼくという独裁者の檻《おり》のなかに閉じ込めることで、はたしてその野生のままの美しさは損なわれないものかどうか……ぼくの苦悩は尽きぬばかり。あなたに恋焦《こ》がれるあまりに、昨夜《ゆうべ》は一睡もできなかったくらいですよ、マイ・ディア……」

「……それでよく、朝っぱらからそんな長台詞《ながぜりふ》喋《しゃべ》る元気あるな、おまえ」

「そりゃもう！　あなたの愛くるしいお顔を一目見ただけで元気百倍勇気リンリン、東京タワーのてっぺんまで十秒ジャストで駆け上れるくらいのパワーがみなぎってくるんですよっ」

「でけえ声出すなよ、この暑いのに……。おまえの頭はソーラーパワーかよ」

「いえいえ、これぞラヴ・マジック。真の愛の力です」

「……」

つかんだ手にすりすりと頬《ほお》ずりしながらうっとり囁く今田の幸せそうな表情に、弘は、はあァ……と大きな大きな溜息を落とした。

どうしておれの周りには、こういうアタマのイタい美男子だの、そいつをおもしろがって焚《た》きつけるような薄情な上司だの同僚だのしかいないんだろう。こんな仕打ちを受けなきゃならないいわれなんか、ぜんっぜん、ないのに。いったい、このおれが、どんな悪いことをしたっていうんだ⁉

(そうだ、おれはなんにも悪くないぞ！)

じゃあだれのせいかって、そんなの、考えなくたって決まってる。

弘はギリギリと下唇を噛《か》みしめ、うっとりと彼の手に頬ずりしている今田の顔をにらみつけた。

……なにもかも、こいつのせいなのだ。

こいつが現われる前はこんなんじゃなかった。こいつが出てくるまでは、間島は話のわかるいい上司だったし、職場は明るくて楽しかったし、云い寄ってくる女の数だって人並み以上だったんだ。

それなのに、それなのに……こいつのせいで……っ！

屈辱《くつじょく》の記憶と怒りに震えつつ、デレデレしたしたり顔を思いっきり殴りつけてやろうと拳《こぶし》を固めると、惜しいかな、

「おーい、今田あ！　そろそろ出るぞ」

離れたところにいた、彼の連れたちから声がかかった。

「なんてことだ。これからがイイところだったのに……」

彼は忌《い》ま忌《い》ましげに舌打ちし、眉間《みけん》に人差し指を当ててかるく頭を振った。

「せっかく二人きりになれたというのに残念です、ハニィ。一時の別れとはいえ、ぼくには永遠の死にも等しい。ああ、ぼくの愛しい愛しい弘さん……！　どうか、ぼくの知らぬ間に、レテ河のほとりに二人の愛の記録をおいてきたりなどなさらないでくださいね？」

「あぁあぁわかったわかった、わかったから早く行け」

「それでは最後にお別れの儀式を……ささ、こちらを向いて」

「なんだよっ……」

「お別れのく・ち・づ・け」

ん、っちゅう。左頬に、濃厚なキス。

「……っっっ！！」

「それではまた今夜、いつもの時間にお電話いたしますよ。チャオ！」

「……しっ……死んじまえこのタコーッッ！」

わはははーっ、と底ぬけに明い声を轟《とどろ》かせ、店中の注目を集めながら、今田はレストランを出ていった。

一人残された弘にはもう立ち上がる気力もなく、ヘタヘタとテーブルに突っ伏した。空き皿を下げに来たちょっとかわいいウエイトレスが、汚いものを見るような目つきで弘を見たことが、彼にさらなる痛手を負わせた。

「真っ昼間からお熱いねえ、ダンナ」

突然、ぶしつけな男の声が、うつぶせた背中に落ちてきた。

弘はテーブルに突っ伏したまま、やわらかいがよく通るその声の主を、肩越しにゆっくりと振り仰いだ。

夏というのに真っ黒な服でかためた、すらりとした男が、にやにや笑って弘を見下ろしていた。肩まで長く伸ばした黒髪を後ろでひとつに束ね、きつく切れ上がった涼しげな二皮《ふたえ》の目を、レンズの細い縁なしの眼鏡の下に隠している。さんさんと降りそそぐ真昼の陽光がいかにも似合わない、水商売ふうの美丈夫である。

「なんだ……有馬《ありま》か」

「ようダンナ。こんちいいお日和で。あ、おねーサン、生ひとつね」

黒づくめの優男《やさおとこ》は、無遠慮に弘のテーブルに掛けた。

「昼間っからビールかよ。いいご身分だな」

「こちとら気楽な水商売……ってね」

この奇妙なべらんめえ調の美男は、有馬平蔵《へいぞう》という。

弘の高校、大学時代の友人で、いまは六本木《ろっぽんぎ》の高級ホストクラブに勤めている。学友といっても、構内で会うことはほとんどなく、もっぱら夜の界隈《かいわい》をともに荒らした〃戦友〃で、こと女に関しては、東の有馬、西の相原と並び称されたほどだった。

「で……あれが噂《うわさ》の今田浩志郎とやらか。なぁる。噂通り、一筋縄じゃあいかねえ面構えだ。あんなんにつきまとわれてちゃあ、おまえさんもさぞかし大変だろうよ」

「……おまえまで知ってんのかよ」

「そらもう。巷《ちまた》じゃ有名よ。あの〃タラシのヒロシ〃が、とうとう男に走ったってな」

有馬はからかうようにニヤリとした。

無理もない。今田浩志郎があまりにも相原弘への愛を公言してはばからないため、二人の間は、いまやこの界隈中の噂になってしまっている。あまつさえ、弘の職場では、二人の仲は公然の秘密とまで云われてしまっていて、アルバイトの女の子も二人にはけっして近づいてこない。

「いい男じゃねえか。いまいちおまえのがタッパが高いようだが、それはまあ、ご愛敬《あいきょう》ご愛敬」

「……云ってろ、チクショウ」

「なんだなんだ、元気ねえな。夏バテにしちゃ、ちっと早いんじゃねえのかい？」

「夏バテどころか年中バテバテだよ」

弘はテーブルの上にぐてっと顎《あご》を突き出した。

「四六時中あの悪魔につきまとわれてみろよ……体力なんか残ってるもんか」

「そいつァまあ、道理だが。おれにはおまえさんがそういう状況に甘んじてるってほうが解《げ》せねえがね」

「おれだって逃げようと思ったさ。何度も」

あんな疫病神《やくびょうがみ》の顔なんか二度と見たくない。とはいうものの、なにせ同じ職場に勤める者同士。それが上役と新米社員という立場ともなれば、いやでも顔を合わせないわけにはいかない。いっそ辞《や》めてしまおうかと考えたこともあったが、あの今田がそれくらいで諦《あきら》めるとも思えない。たとえほかの職場に移ろうとどんなに遠くへ引っ越そうと、きっと地の果てまで追ってくるに違いない。

「その上、あいつとのヘンな噂のせいで女は寄ってこないわ、こっちからナンパする気力も体力もなくなるわ……これから夏本番だってのに、サイテーだよ、もお……」

「ふうーむ……聞けば聞くほど気の毒な話だねえ……」

有馬は同情した様子で大きくうなずき、思案深げな顔つきで床に目を落とした。しかし、その視線は、隣のテーブルの美女の、ミニスカートからすんなり伸びた脚線美に釘づけになっている。

「……そんなに暑苦しきゃ、おれに考えがないわけでもないが、ねえ……」

「え……」

弘は顔を上げた。

「な……なにかいいテがあるのか⁉」

「ある。……と云えばあるんだが、……しかし、なあ……」

「なんだ？」

「……あんまり、クリーンとは、云い難くてな。……おれとしちゃあんまり好みのテじゃねえしなあ……」

「いいっ！　この際なんでもいい！　たのむ有馬！　この暑苦しさからおれを救ってくれっ！」

「うーん……そうだなあ。おまえにゃ学生時代いろいろ世話になったことだし……」

有馬は少々思案げな表情で、例の脚線美をじっとにらみつけていたが、残りのビールをがぶりと飲み干すと、なにか決意したかのように大きな吐息をついて、云った。

「よっしゃ。引き受けようじゃねえか」

「ほ……ほんとか、有馬っ⁉」

「男に二言はないぜ、相原のダンナ」

半信半疑な弘を安心させるかのように、有馬は薄い胸をどんと叩《たた》いてみせた。

「任しとけって。この有馬平蔵、責任をもって、おまえさんをその暑苦しさから救ってみせらあな」


――と、有馬が自信満々に請け負ってから、二日めの夜のことだ。

その日、弘は仕事のあと、間島と同僚の秋山《あきやま》ミカと待ち合わせ、〝RAN〟本店の裏にある居酒屋で飲んだ。

去年の十一月に弘が昇進して〝AV RAN〟駅東店へ異動して以来、三人で酒の席を囲むのはだいぶ久しぶりのことだった。話だけは幾度かあったのだが、店の営業時間が深夜までなのと、シフト制のため三人の空き時間がなかなか合わないのとで、実現できずにいたのだ。

「おっ？」

三人ともほろ酔いで店を出、駅向こうにある、間島の行きつけのバーに席を移そうということになった。

週末の混雑をかき分けるようにして先を歩いていた間島が、急に足を止めて、向こう側の舗道を指した。

「あれ、今田じゃねえか？」

「えっ……」

弘はギクッとして頬を引きつらせた。

「どこどこ？　あらあ、ほんとだ」

車道を挟んだ、ゲームセンターの前あたりに、いやというほど見慣れた顔が、人波のなかにちらちらと見え隠れしていた。

あいも変わらずものすごい悪趣味な黒い薔薇模様のシャツとミントグリーンのスーツの組み合わせが、夏の軽装になった人々の間で妙に浮き立って見える。

「なんだ、暇そーにしてんな。声かけてみようぜ。おーい、いま……」

「うわわわわわわわわっ。やっ、やめてくださいよっっ」

「なんでよ、いいじゃん、あいつだけノケモノなんてかわいそうだろ」

「おれがかわいそうだとは思わないんですかっ」

「思わない」

「今田クーン！」

秋山ミカが、ぶんぶん両手を振って声を張り上げる。

「バカ、よせってっっ」

「今田クーン！　今田クンてばーっっ！」

「おぉーい、今田あーっっ！」

「ぁあぁあ……」

弘は絶望の吐息をついた。

ちょうど、ゲームセンターの角を曲がろうとしていた今田は、すっ頓狂《とんきょう》にでかい間島の声に気づき、立ち止まって三人を振り返った。

ぬき足さし足で逃げようとした弘の肩を両側からがっちりと捕まえ、さて今日はどんなリアクションで襲ってくるかと間島と秋山が見守るなか、しかし、今田は、彼らの期待には応えなかった。

今田は、立ち止まったままじっと弘を見つめ、ふいと目をそらした。

そして、そのまま一瞥《いちべつ》もせずに、ゲームセンターの角を曲がって、歩き去ってしまったのである。

間島と秋山、そして弘でさえもが、足早に去っていく今田浩志郎の背中を、ほとんど呆然《ぼうぜん》として見送った。

あの今田が——弘一人に身も心も捧げつくして早一年と六ヵ月の、平成の吟遊《ぎんゆう》詩人、今田浩志郎が、相原弘を目の前にして愛の言葉も叫ばず、キスはおろか抱きつきもせず、あまつさえ弘の名前さえ呼ばなかった、などと……！

「てっ……天変地異か⁉」

「さ……さあ……？　もしかしてその先で待ちぶせしてるとか……」

秋山が、今田の消えたゲームセンターの角までカッカと走っていった。彼女はあたりをきょろきょろ見回していたが、すぐに、首をかしげながら戻ってきた。

「どう……したんでしょう、今田くん。ちゃんとこっちに気づいてました……よねえ。いつも、五十メートル先でも相原さんを見分けて走り寄ってくるのに……」

「ううーん……」

間島は眉間を皺《しわ》寄《よ》せて腕組みをした。

「こりゃあ……ひょっとするとひょっとして……あいつ——とうとう相原のこと、諦めたのかもしれないぞ……」

「えええっ！　まさかあ。だってあの今田くんですよお？　なにがあったって諦めるわけないじゃないですかあ」

「んじゃ、とうとう相原に飽きたとか」

間島は、何気なく吐いた自分の台詞に、秋山と顔を見合わせて、シン……となった。

「……そっか。……飽きたのか……」

「かわいそうになあ、相原」

「あ、まあ、でも、……気を落とさないでね。ほら、べつに今田くんだけが男じゃないし」

「そうだよ、相原。地道に生きてりゃそのうちいいことあるって」

「なんでそうなるんですか。おれはホモじゃないって云ってんでしょーが！」

「いいんですよ、そんな無理しなくても……相原さんの気持ち、あたしたち、よーくわかってますから」

「そうそう。泣きたきゃ胸貸すぜ」

「だからっっ」

「そうだ、今日は相原さんの失恋を祝って……じゃない、励《はげ》ますってことで、パーッと盛り上がりましょうよ。パーッとやりましょ、パーッと！」

「いいねいいね、いいこと云うねえ、ミカちゃん」

「あらあ、だってあたしたち、お友達じゃないですか。ねえ」

「いい友達持ってよかったな、相原。ミカちゃんのやさしさに感謝しろよ」

（……勝手にさらせ）

人をダシにして宴会やりたいだけの人間のどこがいい友達なんだ、どこが。

弘は、勝手に盛り上がっている二人を横目でにらみつけ、つと、今田が消えた街角に目をやった。

「……………」

今田は消えた。

弘を見て、一言も叫ばず、抱きつきもせず、あまつさえ、弘から目をそらしさえした。尋常ではないが、いままでのあいつの行動こそが尋常でなかっただけだ。そうだ。今田は、きっと正常になったんだ！

——この有馬が救ってみせらあな——

旧友の頼もしい言葉が耳に蘇《よみがえ》る。

間違いない、さっきの今田の態度は有馬のおかげに違いない——と弘は直感した。

有馬の言葉は嘘じゃなかったのだ。今田は本当におれを諦めたに違いない。どんな魔法を使ったのか知らないが、あの約束通り、弘を、今田という暑苦しい重い枷《かせ》から、すっぱり解放してくれたのだ……！

（ああ……ほんっと、持つべきものは友達だよなあ……！）

「相原。ていうわけで今日はおまえの奢《おご》りだからな」

しみじみと友情の重さを噛みしめている弘の肩を、間島がポンと叩いた。

「失恋したおまえのグチ聞いてやってしかも力づけてやろーってんだから、ま、それくらいとーぜんだわな、とーぜん」

「相原さーん、なにやってんですかあ。置いてきますよおっ」

……いろんな友達がいるもんだよ、人生ってのはさ。……うん。

その二日後〝ＲＡＮ〟本店におけるスタッフミーティングでも、今田は、一度も弘と視線を合わせようとはしなかった。

そして、あの今田浩志郎がとうとう弘を諦めたらしいという噂は、瞬《また》く間に各方面へ広まっていったのである。

ACT 2

梅雨明け宣言の出た暑い水曜の夜、〝トリスタン〟には、なぜか白い服の女が多かった。

〝トリスタン〟は防衛庁の裏手にできたばかりのちいさなバーだ。通りに面した黒いドアをくぐると、吹き抜けになった四角いちいさなフロアに、本物のグランドピアノが、大きな花瓶を置くテーブルの代わりに据えられている。その横にあるデコラティブな手すりのついた階段を上って行くと、二階がショットバー、その上がボックス・シートの、ムードのいいバーになっている。

弘は三階に上った。今夜は、最近この店に通いつめているという噂の、美女を待ち伏せするために来たのだった。彼女とは、周囲も認めるいい仲だったのだが、あの今田のせいでこのところ避けられてしまっていたのだ。

ウェイターの案内についてテーブルに着き、スコッチの水割りを頼んで、何気なくフロアを見渡すと、二人掛けのちいさなテーブルを挟んだ斜め前の席に、見覚えのある背中の男が、一人で座っていた。

痩せた、角張った肩、どこかで見たことのある派手な柄もののシャツ……

（……あ、れ、は……ッ）

なにを見まがうことがあろう、その姿はまさしく、あの、今田浩志郎であった。

(げげげげーっ……!)

弘は反射的に椅子から立ち上がりかけ、ハッと我に返って、座り直した。

そうだ。なにも逃げ出すことはないのだ。もう、今田なんか怖くないのだ。やつは、おれを諦めたんだから。

(はは……。ヤだね、習慣てやつは……)

弘は思わず頭を掻《か》いた。それに幸い、今田のほうも人待ち顔で、斜め後ろに座っている弘には気づいていないようだ。

あいつのことなんか気にするのやめよう、と心に決めて飲んでいると、階段を上ってくるハイヒールのかろやかな靴音が聞こえてきた。

首を曲げてそちらを窺《うかが》うと、涼しげなペールブルーのワンピースに身を包んだ豊かな黒髪の美女が、優雅な足取りで現われた。

彼女は階段の最後のステップで立ち止まり、ぐるりとフロアを見渡すと、今田の座っているテーブルへと、つかつかと近づいていった。

「ごめんなさい、今田さん……お待たせしてしまって」

店のBGMは静かだ。涼やかな女の声は、すこし離れた弘のテーブルにまで聞こえてくる。

「やあ……お待ちしていました。どうぞ」

今田は素早く立ち上がり、スマートな所作で彼女のために椅子を引いた。

「なにをお飲みになりますか」

「そうね、じゃあ、ミラーでもいただこうかしら。でもその前に、例のこと、お話してもかまいません？」

「そうですね……ぜひ」

「じゃあさっそくだけど……こちらの見取図を見てくださる？」

美女は、ヴィトンの大きなバッグから、折りたたんだ紙を取り出して、テーブルの上に広げた。ちょうど新聞紙大くらいの白い紙を、今田は真剣な表情で覗き込む。

「これが、例の……？」

「ええ。昨夜お電話でもお話した、十階建てのマンションの五階……東南向きの角部屋よ」

二人は親密そうなようすで肩を寄せ合って、テーブルに広げた紙面に見入っている。どうやら、白い紙はマンションの見取図のようだ。

「どうかしら。ここがダイニングキッチンで約十二畳、八畳のリビングが続き間になっていて、合わせてLDK二十畳。そして、ここに六畳の和室と八畳の洋室が一間ずつ。この八畳間とリビングに、バルコニーがついてるわ」

「なるほど……これは……」

「絶好の位置でしょう？　なにしろ南向きだから日当たりも最高よ。お向かいのマンションは五階建てだし、間にかなり大きな通りを挟んでいるから、陽を遮られるような心配もないわ。当然、全室冷暖房完備、オートロックの二十四時間セキュリティ、防音完備。最寄《もよ》りの駅から徒歩十分、あなたの職場からも徒歩五、六分。この立地条件でこの間取り、築三年でこの価格よ。これ以上の物件なんてほかのどこを探したって出てこないわ、将来のことを考えてもぜったいにお買い得よ。ぜひこれに決めましょうよ！」

「ええ……でも……」

「いやだわ、そんなに難しい顔しないで、お願いだから見るだけでも見てみて。きっと気に入ると思うの。下見はあなたの都合のいい日に合わせるから……」

「うぅん……しかし……」

「ね、いいでしょ？　あなたさえ気に入ってくれたら、その場ですぐにでも契約してしまいたいの。だからぜひ一緒に見に行きましょ。ほっといたらほかの人に取られちゃうわ。いま中古マンションは価格が下がってるし、ほかにもここ狙ってる人、すごく多いのよ」

彼女はほとんど懇願するような声になっている。よっぽどこのマンションを気に入ってるらしい。

いったいどういうんだろう？　弘はなんとなく息を潜めて、ますます聞き耳を立てた。

なんで彼女は、あんなに熱心に勧めてるんだ？　自分が住むわけじゃないのに……。

「……そうですね……」

今田はかるい溜息をついたようだった。

「あまり気は進みませんが……じゃあ……とりあえず、見るだけ……」

「うれしい！」

美女はうれしそうに今田の腕に抱きついた。

「それじゃ、前祝いに乾杯しましょ。あたし、喉《のど》が渇いちゃったわ」

「そうですね」

今田がウェイターを呼ぶために振り返る。

あっ、と思った瞬間、バチッと目が合ってしまった。

いまさら逃げも隠れもできず、気まずい気分で視線を合わせたまま、なにか挨拶《あいさつ》すべきか
それとも無視して視線をそらしてしまうべきか、思案しながら、今田の出方を窺っていた。

「……あああぁッ……！」

と。

今田が、突然、鋭い悲鳴を上げると、まるで化け物でも見たかのような顔で立ち上がった。

蹴飛ばされた椅子が、ガターンと派手な音を立ててひっくり返る。

「ひっ……ひひひひ、弘さんっ⁉」

「ど、どうしたの、今田さん？　どなた？」

同伴の美女がびっくりして、奇声を上げて突然立ち上がった今田と、その視線の先にいた

弘とを交互に見つめた。

「弘さん……て、もしかして、この方……」

「でっ――でで出ましょう、恵美子《えみこ》さんっ！」

「えっ？　でも……」

「いいんですっ！　ささ、行きましょうッッ」

今田は彼女の手とレシートをわっしとつかむと、くるりと踵《きびす》を返した。

そして、呆然とする弘を尻目に、周り中のテーブルや椅子にガタンバタンとぶつかりながら、ものすごい勢いで出口へと突進していってしまったのである。


「ええっ、今田くんがまた逃げたんですか？」

レンタルCD&ビデオショップ〝AV　RAN〟駅東店。カウンター奥にある、狭い事務所である。

たまたま本店から応援に来ていた秋山ミカに、昨夜の〝トリスタン〟での一件をまくし立てると、彼女はコーヒーをいれながら、カウンセラーよろしくふんふんと話を聞いてくれた。

「ふーん……。このあいだのことといい……それはもうあれですね、今田くん、ほんとに相原さんのこと諦めちゃったんですよ。それでもっと好きな人ができたってことじゃないですか？」

「べつにそんなのはいいんだけどさ」

弘はふて腐れたように唇を突き出した。

「なんも、人の顔見たとたんに逃げ出すことないと思わないか。ったく。人のこと化け物かなんかみたいに……」

「あら、顔見たとたんに奇声上げて抱きつかれるのよりマシなんじゃないですか？」

「そりゃそうだけどさ」

「けど……なんですか？」

秋山は意地悪そうににやっとした。

「なーんか、相原さん、つまらなそうですね。……もしかして、今田くんがかまってくれなくなっちゃって、ほんとは寂しかったりして」

「バ……バカ云うなよッ」

弘はムキになったように大声を出した。

「なんでおれがあんな疫病神なんか……！　せいせいしたに決まってるだろ！」

「はいはい、わかりましたってば。そんなムキにならなくても」

「わかりゃいいよ、わかりゃ……」

弘はムスッとして机に頬杖をついた。

そうだ。おれはせいせいしてるんだ。今田がちょっかいを出してこなくなって、あのおかしな噂が消えたおかげで、また以前のように女が寄ってくるようになったたし、ボーナスも増えたし仕事も順調、まさに順風満帆……。

なのに。やつのことを考えると、胃がキリキリと痛むのはなぜなんだろう。

「はーああ……でも、ほんとに諦めちゃったんですねえ……今田くん……」

「なんだよ、そのガッカリしたような云い方は」

「いーえ、べつに」

「それにしたって、あいつも身の程知らずだよな。新入りの分際で都内にマンション買おうだなんて……あいつまだ二十三だぜ、二十三。銀行が金貸すかっつーの。ボーナスも出てないくせに……」

「あら相原さん、知らないの？　彼ねえ、岡山《おかやま》じゃそうとう有名な資産家のボンボンらしいですよ。マンションのひとつやふたつ、親がポンと買ってくれるんじゃないですか？　いま住んでるワンルームも賃貸じゃないらしいし」

「……知らなかった」

「都内に2LDKの高級マンションかあ……あーあ、いいなあ、その彼女。あたしも今田くん狙えばよかったかなあ。好みじゃないけど」

秋山は長い髪の先を指でくるくる巻きながら、しみじみと溜息をついた。

「一財産ったって、べつにそのマンションに彼女が住むってわけでもないだろ」

「え……だって、今田くん、その人と結婚するんじゃないですか？」

「ケッコン？　なんで？」

「なんでって、女と男が住む部屋の相談してたら、ふつうは新居の相談じゃないですか」

「まさか……あいつまだ二十三だぜ」

「じゃあ同棲《どうせい》とか。どっちにしたって、相手の住む部屋に口出しするくらいの仲ってことですよ。一緒に住むんじゃなきゃ、そんなうるさく口出したりしないですよ、ふつう」

「……そうかな」

「でもねえ。今田くんも相原さんダメならすぐ次だなんて、変わり身が早いっていうか。そんな人だとは思わなかったなあ」

「………」

弘はぬるくなったコーヒーをぐびりと飲み下し、眉をしかめた。

（……い、つッ……）

突然、胃のあたりがキリキリッと痛んだ。胃の底のほうをなにかで炙《あぶ》られるような熱さを伴う痛みだった。

このところ胃の調子が良くないのでコーヒーは控えていたのだが、このひどくまずいコーヒーのせいで、また胃が痛くなったような気がする。

秋山は、本店に戻ると云いおいて事務所を出ていった。

弘もそろそろカウンターに戻らなければならない時間だったが、先ほどの秋山の台詞がなんだかむしょうに気になってしまって、腰を上げる気になれなかった。

（……あいつが……結婚……？）

そんな、まさか……就職してまだ一年もたたないし、第一、収入だって手取りで十五万がいいところだ。結婚なんんか……。

でも、〝トリスタン〟でのあの美女の押しの強い口調。――たしかに、つき合っている男の部屋に女が口を出すのは、自分が一緒に暮らすことを前提としたときくらいだろう。

有馬はあいつに見合いでも勧めたんだろうか。それで、見合いの相手の美女と気が合っちゃって、おれのこと好きだの愛してるだのあなた一人だの運命の恋人だのさんざんほざいた舌の根も乾かないうちに、結婚なんか決めやがったんだろうか、あいつ……。

（……なんだろ？）

べつに、今田がどこで女作ろうが、どこのだれと結婚しようが、おれにはぜんぜん、関係ないことなのに。それどころか、デラックス刺繡《ししゅう》の祝電のひとつも打ってやりたいくらい、喜ばしいことなのに。

なのに……どうして？

どうしてこんなに、胸のなかがモヤモヤするんだろう……？

ACT 3

昼過ぎに降りだした雨は、日が暮れてもいっこうにやむ気配をみせず、弘の退社時間になったころには、ヒョウまじりの激しい雷雨に変わっていた。

「まいったなあ……」

事務所の窓から、稲妻の走る夜空をにらんで、弘は溜息をついた。

隣り合ったビルの狭間《はざま》にパリパリと稲光が走って、あたりがわっと明るくなる。

「なにもおれが帰るってときに降りだすことないよなあ、ったく」

「相原さん、傘持ってこなかったんですか？」

デスクトップ型のワープロに向かっていた秋山が、書類から顔を上げて弘を見る。

「うん……まさかこんな降るとは思わなかったからさ。しょうがない。走って帰るか……」

「え、風邪ひきますよぉ。よかったら送っていきましょうか？　あたしこれから本店戻らなきゃだし……相原さんち、通り道でしょ、たしか」

秋山ミカは先月買ったばかりの黒のスカイラインGTSで通勤している。彼女は可憐《かれん》な容姿に似合わぬ車フェチで、GTSのほかにもミニクーパーとパジェロを乗り回している。

「あとこれプリントアウトしたら出られますから」

「OK。じゃ駐車場で待ってる」

〝AV RAN〞駅東店は、二階がCDレンタル店三階がビデオレンタルと事務所、その下が専用駐車場という構造になっている。

弘は煙草《たばこ》に火をつけながら階段を下りていった。そして階段の中ほどで、駐車場の軒下《のきした》に雨宿りの先客を見つめてギョッとした。

今田だった。

彼は、どしゃ降りの空を見上げるようにして立っていた。

よりによってなんであんなところにいるんだろう、と弘はなにげに腹立たしく思い、彼が今日一日、この店のカウンター業務だったことを思い出した。店内を覗かずに直接事務所に上がってしまったので、すっかり忘れていたのだ。

今田の顔は見たくもなかった。なかに引き返そうかともちらっと考えたが、思い直し、階段を下りていった。自分を無視しているのはやつのほうで、弘のほうに逃げるような理由はないのだ。

今田は、驚いたような顔で弘を見た。が、またふっと視線をそらし、空に視線を戻してしまった。

……なんだよこいつ。お疲れ様くらい云えってんだ。

ムカッとしたが、なにも云わなかった。

ただでさえこのところどうも胃が痛いのに、これ以上、痛みのタネを増やしたくない。苛々したり腹を立てたりすると、ますます痛みがひどくなるのだ。

二人は黙りこくったまま肩を並べていた。

雨はかなり激しく降りつづいている。秋山はなかなか降りてこない。

弘はちらっと今田の顔を盗み見た。

今田は怒ったような顔で、黙ってじっと空を見上げている。傘を持っていないところを見ると、たぶん彼も人を待っているのだろう。

物静かな今田、というやつは、得体の知れない化け物みたいで、どうも落ち着かない。だいたい、こんなに長く沈黙を守っている今田を見るのは、知り合ってこっち、もしかするとはじめてのことじゃないだろうか。

考えてみると、こうやって黙りこくっているのも、なんだか不自然な気がする。もう、いままでのように彼を避ける必要はないのだ。むしろ、これからは、同じ職場の先輩と後輩として、自然につき合っていかなければ。

だって、今田は、もうおれを、諦めたんだから。

「……雨……」

弘は今田の顔を見ないようにして、口を開いた。喉がカラカラに渇いていて、ざらっとした声になった。

「雨……やまないな」

「えっ……」

今田が弾《はじ》かれたように弘を見る。びっくりしたような顔。そりゃそうだろうな、と弘は苦笑した。弘のほうから声をかけたことなんて、これまで数えるほどしかなかった。

「え、ええ……そうですね」

「帰らないのか?」

「いえ……ここで人と待ち合わせを……」

「そっか。……」

「……あの……あなたは?」

「ああ……おれは傘がなくてさ」

「え……」

「それでミカちゃんに車で送ってもらうんだけど」

「ああ……そうですか。……」

話題はすぐに途切れた。

今田は黙り込み、またどしゃ降りの舗道を見つめている。

そういえば、今田の顔をまともに見るのはずいぶん久しぶりだと、弘はいまさらに気づいた。いつもなるべく目を合わせないようにしていたから、もちろん顔も見たことはなかった。

長く伸びた前髪の隙間《すきま》から覗く、切れ長の二皮の目、引き締まった口もと……男の目から見ても惚れぼれするような整った目鼻立ちだ。

（こうやって黙ってりゃ、まともに見えるのになあ……）

あの彼女は知ってるのかな、と弘はぼんやりと考えた。

男に向かって「ジュ・テイム」だの「ぼくの太陽の女神」だのとトチ狂った台詞を吐いたり、ところかまわず弘を押し倒そうとしたりするような男だと、知った上でつき合っているのだろうか……知っても、そんなことは気にならないくらい好きなんだろうか。それとも、だれかが云っていたように、玉の輿《たまのこし》に乗りたくて？

今田は、あの娘にも、ジュ・テイムとか太陽の女神とか、云うんだろうか。弘はぼんやりと思った。彼女にも、運命の恋人と、云ったんだろうか。おれに云ったのと同じように。愛するのは生涯あなた一人だけと……。

雨が激しく打ちつける、河のような車道を見つめながら、弘は口を開いた。

「……なあ」

「は？」

「あのさ……このあいだの……」

「は、はいっ？」

「……あ、いや。」

「な、なんですか。気になります、云ってください」

「いや……べつにたいしたことじゃないんだけどさ。このあいだの……」

このあいだの〝トリスタン〟で……と云いかけて、弘は、言葉に詰まった。

〝トリスタン〟で？　なんだっていうんだ？

「はい？」

「いや……このあいだの……あの、研修、どうだった？」

「え。……あ、まあ。なんとか」

「そ、か。……また行くんだろ？」

「はい。明日からまた一週間、横浜《よこはま》でビデオレンタル店新人育成セミナーがあって……」

「ああ……あの泊まり込みの」

「ええ。ビジネスホテルに……」

雨足はかわらず激しい。弾まない会話は雨音にかき消されそうだ。

おれは、本当はなにを云いたいんだろう……今田の声を上滑りに聞き流しながら、弘は、ぼんやりと考えていた。

云いたいことがあるような、訊《き》きたいことがあるような、なにかが、胸につかえている。

それなのに、云いたいことがなんなのか、確固としたものが自分でも判然としなくて、喉の奥に魚の小骨でも引っかかったみたいで気持ちが悪い。

そんなことをつらつらと考えていると、また胃がキリキリと痛みはじめた。締めつけられるような、釘で引っかかれるような、そんな痛みだ。

（あつつッ……またかよ）

いったい、なんなんだろう、この胃の痛み。このところずっとつづいている。神経性胃炎？　でもこんなに痛んだのははじめてだ。どこか悪いんだろうか。

「あ……あのっ！」

沈黙に徹していた今田が唐突に大声を出したので、弘はびっくりして彼を見た。

なにかひどく思い詰めたような、真剣な眼差《まなざ》しが弘を見つめ返す。

「あ、あの、その……このあいだの……〝トリスタン〟でのこと……たいへん、申しわけありませんでした。突然のことにうろたえてしまい……ぼくとしたことが、あのような失礼な振る舞いを……」

「……」

弘はムッとして口を歪《ゆが》めた。

なにが突然のことでうろたえた、だ。あの前から無視してやがっただろうが！

（謝るくらいなら最初っからするなっつーんだよ。このスカタン）

だいたい、おれに見られて困るんだったら、おれのテリトリー内でデートなんかしなきゃいいんだ。あんな目立つ美人連れてりゃいやだって目に入る。本当は見せつけたかったんじゃないかって疑いたくなったって当然だ。

胃はますます焼けただれるような痛みを訴えてくる。弘は、胃をなだめるように浅い呼吸をくり返した。いかんいかん……苛々するとますます痛くなる。

「弘さん？」

今田は、黙り込んでしまった弘を、怪訝そうに覗き込んだ。

「どうか……なさいましたか。なんだか、お顔の色がすぐれないようですが……」

「べつに」

「べつにというような顔色ではないですよ。もしや、お風邪でも召したのではありませんか？　あなたは意外にお体が丈夫ではないんですから、夏とはいえ油断してはいけませんよ。今日だってそんな薄着をして……クーラーの冷気をばかにしていると大変なことになりますよ」

「……」

「そうだ、車が来るまで、ぼくの上着をお召しになってください。あなたの好みではないかもしれませんが、雨に打たれて万が一風邪をこじらせてはいけません。ささ、ぼくがあなたへの熱い想いで温めたこの上着を、その愛らしい丸い肩に……」

「——うるせえなッ！」

弘は差し出されたジャケットごと今田の手を払いのけた。動くと胃が引きつれてしゃがみこみたくなるような激痛が走った。

「さわんなよっ……おれの顔見るのも嫌なんだろっ！　だったらそれらしくしろよっ」

「え、……」

「なにが熱い想いだよ、いまさら……っ！　人のことさんざん無視しやがったくせに！」

「そんな……誤解です！　とんでもない誤解だ。このぼくがあなたの顔を見るのも嫌だなんて、そんなバカな」

「じゃあこのあいだのはなんだったんだよ」

「そっ、それは……たしかに……あのような振る舞いをしたあとでは、そう思われてもしかたないのかもしれません。でも、でもちがうのです、ハニィ！　けっして、あなたが嫌いで避けていたわけではないのです。ただ、いまのぼくには、あなたの汚れのない瞳をまともに見つめる勇気がないだけで……！」

「勇気ぃ？」

なんのこっちゃ。

「ぼくの――」

訝《いぶか》しむ弘をよそに、今田はますます眉間に苦悩を刻み、呻《うめ》くような低い声で云った。

「ぼくの心は――いまや、あなたのお姿をまともに見ることも許されぬほどに、汚れてしまっているのです……」

「……」

「ああ……モナムール、どうか信じてください。本当にとんでもない誤解です。このぼくがあなたを嫌いになるなんて、母なる大地が裂けてこの身を飲み込んだとしてもありえない。愛すべき人は生涯あなた一人と、運命の女神に定められたこのぼくが、どうしてあなたを嫌うことなぞできましょう⁉」

「……ふっ……」

胃の底が、ぐわっと熱くなった。痛みにではない。憤《いきどお》りに、だ。

「ふざけんのもいいかげんにしろ、このスカタンッ！」

弘の怒鳴り声がコンクリートにびんびん響いた。

「なにが勇気がない、だ。汚れてしまった、だ！　ふざけんな、四六時中、人の股間撫《な》で回そうとしていたやつがっ！　だいたいなあ、あんなかわいい彼女がいるくせに、なにが愛してるのはあなた一人だっ。人をバカにすんのもいいかげんにしろッ！」

「ひ……弘さん……？」

「あ、……」

弘はハッとして口をつぐんだ。

怒鳴られた今田は、豆鉄砲を食らった鳩《はと》のような顔で弘を見つめている。

しまった……。後悔に全身がカアッと火照《ほて》る。なに云ってんだおれは。こんな云い方したら、まるで今田に無視されたことを怒ってるみたいじゃないか。いや、まあ、たしかに、ちょっとはムッとしたけど、でも――

「弘さん……」

「あ……いや、あの……」

「誤解だ……とんでもない誤解です、弘さん……！」

「カッ……カンちがいするなよ、おれが云いたいのはさ、たんに先輩としての……」

「おおぉ……なんということだっ……！　ぼくの気持ちはもう嫌というほどわかっていただけたものとずっと信じていたのに……！」

「い、いや、だから、そういうことじゃなくて……」

「どうか信じてください。ぼく……ぼくは、ただ……」

「今田さぁ～んっ！」

そのときだった。脳天気に甲高い女の声が、今田の台詞に割り入ったのは。

「い、ま、だ、さぁ～んっ！」

二人は同時に振り返った。

向こう側の路肩に停まった白い車から、髪の長い、赤いミニスカートの華やかな女が降り立ち、雨のなか手を振りながら、二人のいる駐車場へ走り込んできた。

例の〝トリスタン〟の美女だった。

「ごめんなさい、遅くなって。ずいぶんお待たせしてしまいました？」

「え、恵美子さん……！」

「ひどい雨ねえ。せっかく一緒にお部屋の下見に行くっていうのに……。でもうれしいわ、やっとあなたがその気になってくださったみたいで」

「そそそそそのお話はあちらでっ。も、申しわけありません弘さん、今日はこれでっ！　さささっ、参りましょう恵美子さんっ！」

「きゃっ……そんな引っぱっちゃ痛いわ、今田さん」

「いいから早くっ……」

今田は彼女の手を引いて、転げるように雨のなかに出ていった。弘は二人の後ろ姿を、呆然として見送った。

女の手を引いてものすごいスピードで車道を渡っていく今田は、一度も弘のほうを振り返ろうとは、しなかった。

「すいませーん、待たせちゃって。出ようとしたら本店から問い合わせのFAX入ってきちゃって……相原さん？」

秋山が駐車場に下りてきたのは、それから程なくだった。

彼女は鍵をチャラチャラいわせながらゆっくりと階段を下りてきたが、コンクリートの柱にぐったりともたれた弘を見つけ、駆け寄ってきた。

「どうしたんですか!?　顔、真っ青じゃないですか。貧血？」

「う、ん……」

痛みはかるい吐き気を伴ってたえまなく襲ってくる。思わずうずくまってしまいたくなるのを、唇を噛んでじっとこらえた。脂汗《あぶらあせ》が額《ひたい》に滲《にじ》んでくるのがわかった。

「ちょっと……胃が、痛くて……」

「ちょっとって顔色じゃないですよ！　病院行ったほうが……ちょっと待っててください、すぐ車まわしますから」

「………」

やっとの思いでうなずいたとたん、キイィ…ンと耳鳴りがし、立っていられないほどの眩暈《めまい》に襲われた。霞《かすみ》がかかった視界のなか、灰色の床がぐにゃりと歪む。自分の体が、意思に反して倒れてゆくのがわかった。

「相原さん？　相原さんッ！」

耳もとの、秋山の声が遠い。耳鳴りがする。吐き気がやまない。痛い。胃が痛い。焼き切れてしまいそうに痛い。

「だれかっ……だれか来てっ、相原さんが……！」

そんな大声出さなくてもだいじょうぶだよ、と云おうとしたが、眩暈がひどく、口が動かなかった。

ゆっくりと遠のいてゆく意識のなかで、雷鳴が遠く、聞こえていた。

ACT 4

「過労と夏風邪と、かるいストレス性胃潰瘍《いかいよう》だって？」

静かな公園を見下ろすちいさな窓から、爽やかな初夏の風が流れ込んで、間島の髪と白いカーテンをやさしく撫でていた。

七月も末。上々の天気。芳《かんば》しくないのは、弘の胃壁だけだった。

「てっきり盲腸かなんかだろうと思ってたからさあ、お社長から胃潰瘍だって聞いてびびったぜえ。まさか相原がさ……」

「なんですかおれが」

「いやあ。おまえみたいなやつでもストレス性胃潰瘍になるのかと思って」

間島はからかうようににやっと笑った。

四日前、〝AV RAN〟の駐車場で倒れ、大学病院に運ばれた弘は、検査の結果、ストレス性の胃潰瘍と診断され、そのまま強制入院とあいなったのである。

狭い病室には、見舞いの花束やら果物やらが、所狭しと並べられている。忙しいなか見舞いに来てくれた間島や秋山の座る場所もないほどだ。弘ははじめ大部屋に入れられたのだが、ひっきりなしに彼を見舞う女性客が病室にあふれてほかの患者から苦情が出たため、空きが出たとたん個室に移されてしまったのだった。

「どのくらいで退院できるって？」

「穴があいたっていっても軽かったみたいですからね……もう一度検査して、その結果次第ですけど、たぶんあと二、三日ってとこじゃないですか」

「ま、軽くすんで良かったよ」

「でもほんと、びっくりしちゃいましたよ、胃潰瘍だって聞いたときは」

見舞いに持ってきたリンゴを剝《む》きながら、秋山ミカがしみじみと云った。

「胃潰瘍って、もっと神経質で繊細な人がなる病気かと思ってました、あたし」

「おれが胃潰瘍で入院しちゃそんなに変かよ」

「だいぶ変ですよ」

「そうそう、アルコール性ならともかく。まったく人は見かけによらねえよな」

「あらぁ、間島さんに云われちゃかわいそうですよ。ねえ？」

「……ミカちゃんに云われるとショックだよ」

「憎まれ口叩くとリンゴあげませんよ」

「でもおまえ、胃潰瘍になるまで、なにそんなに悩んでたんだよ？　今田から解放されてせいせいしたって喜んでたやつが」

リンゴをシャリシャリとほおばりながら、間島が不可解そうに訊いた。

「はあ……べつに……そんな悩みなんかなかったと思うんですけどね」

弘は溜息をついてリンゴを一口かじった。食事制限のため、差し入れは口にしないように医師から注意されているのだが、病人食にもう飽きあきしていて、歯ごたえのあるものが食べたくてしかたがなかったのだ。

「医者も、ストレスの原因をしっかり追求して解消しておかないと、また潰瘍ができる可能性があるって云うんですけど……」

「原因不明？」

「なにか思い当たることないんですか？　今田くんのこと……は、もうないか。あとは、女性問題とか？」

「女なんて、今田のせいでここんとこさっぱりだったよ」

弘は肩をすくめた。

「ま、そんな簡単に解消できるストレスだったら、胃潰瘍なんかならないだろうけどな」

「早く治して復帰してくださいね。間島さんとあたしだけじゃとても三店も面倒みられませんよ。今田くんも研修で横浜行っちゃってるし……」

「まったくなあ。オイ相原、退院したらなんか奢れよな。おまえの分もおれとミカちゃんが働いてやってんだから」

「だめですよ間島さんてば。今そんなこと云ったら、相原さん退院する前にまた胃に穴あいちゃいますよお」

きゃらきゃらと秋山が笑う。

あまり長居しても失礼だからと、さんざん失礼なことを放言した二人は、三十分ほどで切り上げていった。

彼らが出ていくと、狭い病室には耳が痛くなるような静寂が降りた。

原因……か。

硬いベッドで膝《ひざ》を抱え、しんと静まり返った病室の、不気味なほど白い天井を見上げて、弘は、重い溜息をついた。

胃潰瘍になるほどのストレスの原因なんて思い当たらない。実際のところ、医者にストレス性胃潰瘍と診断されて一番驚いたのは、弘自身である。あの二人の台詞ではないけれど、潰瘍ができるほど繊細な神経の持ち主なんかじゃないはずだ。……と、思っていたのだ。

仕事か……今田か。

たしかに、店長に就任してこっち、殺人的に忙しく、店の売上やらなにやらで頭がいっぱいの日々だった。その上、あの今田のせいで気の休まることもなかったが、最近ではやつを怒鳴ることで仕事のストレスを解消していたみたいなところもあった。うっとうしいとは思っていたけれど、不思議とそれが負担だと思ったことはない。病因が仕事でも今田でもないとすると……？

でも、本当に、今田が原因じゃないんだろうか。

あの胃の痛みを自覚したのは、いつがはじめてだった？　あれは……彼女と今田の仲睦《なかむつ》まじいようすを見たときからじゃ、なかっただろうか。

……四日前、彼女が、店に今田を迎えに来たとき？　いや、ちがう。もっと前からじゃなかったか？……あの〝トリスタン〟の夜。あの夜から。そうだ。あそこで二人を見たときから……だ。

覚えてる。あのときの、にぶい胃の痛み。きっと結婚でもするんだろうと秋山に云われたときには、胃の痛みはますますひどくなった。そして四日前、仲睦まじい二人のようすを目にして、胃よりも胸が、痛くなって……。

こんなこと、認めたくなかったけれど。

自分でも不思議なのだけれど。

ちょっとだけ、悔しいと、思った。

あいつがおれを、心からだか運命の女神の悪戯《いたずら》だかは知らないけれど、本気で好きだってこと、信じてやってもいいかな、なんて、考えはじめていた矢先だったから。

どんなに好きになられても、おれは今田のことは好きになれないだろうけど、でも、あいつがおれを想うのくらいは許してやってもいいかな、なんて。それくらいは認めてやってもかまわないかな、なんて。考えていた矢先だったから。

そう、考えはじめていたのに、今田はさっさとおれ以外の大切な人を作ってしまった。それが、ちょっとだけ、悔しくて。

そして、なんだかちょっとだけ、さみしいような気がして。

今田のことなんか好きじゃないのに。ぜんぜん、好きじゃないのに。あいつが自分のことを諦めてくれてほっとしたはずだったのに。そう仕向けたのもおれなのに。

（……勝手だな。おれって）

考えはじめるとまた胃が痛くなりそうだった。頭から毛布にくるまって、きつく目をつむった。

今日はもう、入院四日め。もし今田が見舞いに来たら、どんな顔をして会えばいいんだろう……。

だが――

けっきょく、今田浩志郎は、弘の一週間の入院中、一度も病室に現われることはなかった。

退院の日は蒸すように暑かった。

弘は病院を出たその足で、一週間ぶりに職場に顔を出した。夏休みに入ったばかりの日曜のせいか、店は親子連れや学生で賑わっていた。

〝AV RAN〟駅東店の事務所では、間島が一人で店内に貼るPOP作りに励んでいた。弘が声をかけると、よぉ、とびっくりしたような笑顔で振り返った。

「もういいのか？ どうだ、調子」

「おかげさまで。どうも長いことすみませんでした」

「んー、ま、あんま心配かけんなよ。お社長んとこもう行ってきたか？」

「はい、ここ来る前に挨拶してきました」

「そっか。あとでミカちゃんにも声かけとけよ。彼女あれでけっこう心配してたんだからさ」

「今度メシにでも誘いますよ。ミカちゃん今日は？ 西店？」

「ああ。釣銭置きに行っただけだからすぐ戻ってくるだろ。なに？ まさかおまえ仕事してくの？ 今日まだ公休だろ？」

「そうも云ってらんないでしょ」

弘のいない間に、新しいアルバイトが三人も入っていた。履歴書のコピーを見ながら間島と簡単な打ち合わせをし、この一週間のうちに入荷した新作ビデオやCDのリストに目を通す。さすがに一週間も職場を離れていると、仕事はいくらでもあった。

「おれちょっと、煙草買ってきます」

「ああん？　いいのかよ、病《や》み上がり」

「勘弁してくださいよ。入院中ずーっと禁煙だったんですから」

間島がやれやれと首をすくめるのを横目に、事務所を出、煙草とジュースの自販機のある、階段のちいさな踊り場へのんびりと下りていった。

病み上がりとはいっても、本人はまるで病気をしたという自覚がない。煙草も酒もコーヒーも飲みたくて、さっきから胃がうずうずしているのだ。

（これ我慢したら今度こそ胃に穴あくぞ）

我慢はするものじゃない。それに、今田のことを思い出しさえしなきゃ、胃の調子だってすこぶる良いのだ。

ずらりと並んだ煙草のパッケージのなかにセーラム・ライトを探しつつ、ポケットの小銭をジャラジャラ探っていると、

「ひーろーしーさぁーんッッッ！！！」

「……!?」

どこからか聞こえてきた声に、弘はゆっくりと首をめぐらせ、それからギョッと目を剝いた。

階段のはるか下から、土もないのにもうもうと、足煙を立てて突進してくる人影ひとつ

……

弘は思わずじりっと数歩、後ずさった。ちぎれんばかりに手を振りながら弘の名を呼ぶその声に、嫌というほど聞き覚えがあった。

「弘さぁんッ！――」

キキキィーッッと足で急ブレーキをかけて立ち止まるや否や、弘の手をガシッと握りしめ、んちゅちゅちゅちゅちゅちゅちゅーっとキスの雨を降らせたその男は、そう、まさしく、今田浩志郎であった。

「い……今田……っ？」

「ああァよかった、ここでお会いできて――神はまだぼくを見捨ててはいなかったか！　お体の具合はよろしいんですかっ⁉　眩暈は？　吐き気は？　お熱はありませんかっ？」

うなずく隙もあらばこそ、今田は弾丸のように質問を浴びせる。

「たったいま有馬さんからあなたが七日間の入院をされていたとお聞きして――ぼくは、ぼくはもう、心臓が凍りつくかと――！　聞けば七日前お会いした直後に倒れられたとか……くうぅ、なんということだっ……愛しい人の体の異変にも気づかずに研修旅行などでのうのうと日々を過ごし、あまつさえお見舞いにも参らなかったなんて、この今田浩志郎、一生の不覚……っ！」

「わ、わかったよ、不覚でもなんでもいいから手ぇはなせってば、人が来るだろっ」

「ああ――ぼくは、あなたとぼくとを阻む鉄壁のスケジュールが憎い……！　同じ職場に勤める者同士というのに、それさえなければ、ぼくはただひたすらに、あなただけをいつもいつも見つめていたいのに……」

ンなことされたら気ィ狂うわ、と、今田の手をなんとか振りほどこうと、四苦八苦しながら弘は呟く。

「……しかし、これで、やっと踏ん切りがつきました」

今田はキッと顔を上げ、真剣な眼差しで弘を見つめた。

「ぼくは決意しました……ええ、しましたともっ！　今日中にあのマンションを購入し、あなたのおそばへ参りますよっっ！」

「はぁ？」

……マンション？

「まあっ！　とうとう決めてくださったのね今田さん！」

そして、またまた聞き覚えのある、甲高い女の声。

嫌な予感に身を縮めながら、恐るおそる今田の肩越しに見やると、案《あん》の定《じょう》、くだんの美女が立っていた。そしてなぜかその横には、ダンディな売れっ子ホスト、有馬平蔵の黒のスーツ姿もある。

「そうと決まったからには善は急げ、さっそく契約書を作らせていただきますわっ。面倒な手続きはこちらで一切代行させていただきますから、ご心配なくね」

「はいっ、よろしくお願いいたします恵美子さん！」

「お〜。よく決心したな青少年。それでこそ日本男児ってもんだ」

「はいっ、有馬さんにもいろいろご心配をおかけいたしまして……」

「なんのなんの」

今田はにこにこ、美女も有馬もにこにこ。弘一人、なにがなんだかわけもわからずに、三人の顔を順に見回す。

「あ……あの……いったい……？？」

「ま、失礼。ご挨拶が遅れまして」

美女はカードケースから、名刺を一枚抜き取って、弘に差し出した。

「株式会社第二不動産の、遠山《とおやま》恵美子と申します。相原弘さん……ですわよね。このたびは退院おめでとうございます。今田さんと有馬さんから、お噂はかねがね……」

「ああ……どうも。お会いするのははじめてじゃありませんよね」

人の恋人とわかっていても、ついつい美女には愛想をふりまいてしまうのは、〃タラシのヒロシ〃の宿命だ。

「恵美子さんておっしゃるんですね。すてきなお名前だ。不動産屋にお勤めなんですか？」

「ええ。実は今回、縁ありまして、今田さんに住吉《すみよし》駅近くのマンションをお勧めしておりましたの。相原さんも、なにかご入り用の際にはぜひ声をかけてくださいね。お安くいたしますわよ」

「住吉駅のマンション……？」

「住吉三丁目のあなたのマンションの真向かいに建っている、白い十階建てマンションのことですよ、スウィート・エンジェル」

「……は？？？」

「住吉駅徒歩十分、築三年、十階建てのマンションの五階、東南角部屋、陽当たり良好の2LDK。ちょうど、相原さんのお部屋とは、車道を一本挟んだ真向かいになりますね。バルコニーに出ると、そちらのお部屋のなかが丸見えになってしまいますのよ」

遠山恵美子は、不動産屋のイメージの常識を払拭《ふっしょく》するような色っぽい物腰と音声で、弘にやさしく説明した。

「今田さん、ずいぶんいろいろと悩んでいらしたみたいで、なかなか購入に踏み切ってくださいませんでしたのよ。今朝ほどなんて、この件はなかったことにしたいなんて云ってこられて。でも、有馬さんから、今田さんの知らない間に相原さんが入院されていたとか聞いて、考えを変えてくださったみたい。本当に、ありがとうございます、相原さん。この不景気にこんな大口の契約がまとまるなんて、なんてお礼を云っていいか」

「は……あ。いえ……」

（うちの向かいのマンションって……？）

弘は、自分のアパートと道を一本挟んで建っている、真向かいの十階建てのマンションを思い浮かべた。

たしかにあそこには、弘の部屋の窓を覗けるような位置にバルコニーのついた部屋がある。その部屋には数ヵ月ほど前まで水商売らしき女性が住んでいて、ときどき薄物のネグリジェ一枚でバルコニーの植木に水をやったりしては目を楽しませてくれたものだ。

……あのマンションを今田が買うっていうのか？　おれの部屋が丸見えになってしまう、あの部屋を？

「あのマンションに入居しないかという、悪魔の誘惑を受けて早二週間……その間、ぼくがどれだけ悩みつづけていたことか、きっとあなたにはおわかりにならないでしょうね、アムール……」

うっとりと囁きかける、今田の声は蜜のなめらかさ。蛍光ピンクのハートのマークを浮かべた切れ長の目が、でれっとタレて、ほとんど垂直に近くなっている。

「弘さんのお向かいの部屋に住んで、朝目覚めたら真っ先にあなたのお部屋に向かって、〝弘さんおはようございます〟と呼びかけ、就寝前には〝おやすみなさいスウィート・ハニィ〟と甘く切なく囁きかけ熱い投げキッスを送り、眠りのなかでは弘さんの夢を見る……。夕暮れどきには、向かいの部屋の灯りのなかにあなたがいて、テレビを観たりビールを飲んだりシャワーを浴びたりしていると想像する……ああ……なんてすばらしい、夢のような生活でしょう。……だが……！」

今田は、不意に、眩暈をこらえるかのようにきつく眉間を寄せた。

「だが……部屋のなかから窓を見つめて想像に耽《ふけ》るだけでは物足らず、部屋のなかまで覗きたくなってしまったとしたら――ぼくにその衝動を抑えることができるかどうか……！

いや、おそらく、いけないこととは知りつつも、窓のなかまで覗いてしまうことでしょう。そして……万が一、そこに愛しいあなたの寝姿など見つけたら最後、はたしてこの黄金の右手が理性を保っていられるかどうかっ……」

「へっ……変態かおまえはっっ！」

「ええわかっています！　覗きをしながらの自慰だなんて――そんな汚らわしい行為をしてしまったら、ぼくはただの変質者と成り下がってしまう――あなたへの至高の愛を落としめることになるということも、自分が一番よくわかっているのです。だが、……無下に断わってしまうには、あまりに魅力的なこの物件――」

弘の手を握った手が、わなわなと震えて、今田の苦悩の深さを物語る。

「悩みに悩んで、食事も喉を通らず仕事も手につかなかったこの二週間……。だが、こんなことが起きてしまったからにはもう猶予《ゆうよ》はならない。ぼくにはもうこれ以上、あなたのお姿を一日でも見ずして過ごすことなど許されない。それに……万が一、あの部屋に本物の変質者でも入居してあなたのプリティなお姿を見初《みそ》めてしまったら——ああ！　想像しただけで胸が張り裂けてしまいそうだっっ！」

「だれが見初めるかだれがっっ」

「なにをおっしゃいます！　あなたはご自分をご存じないんだ。その瞳がいかに男を狂わせ、虜《とりこ》にしてしまうかを……！　ぼくなどは、あなたが夜道で誰かにバック・バージンを狙われたら、と考えただけでも居てもたってもいられないというのにっ！」

「おまえが勝手にそう思っているだけだろがっ！　てめーみたいな変態がそのへんにゴロゴロしてるわけねえだろっ」

「でももうこれからは安心ですよ！」

今田は、弘の張り上げる声を徹底的に無視して話を進めてゆく。

「これからは、この不肖、今田浩志郎、あなたの影となり、あなたを付け狙う変質者の魔手から守ってさしあげます。もちろん、具合が悪いときには飛んでいって手厚く看護してさしあげますからねっ」

「ち……ちょっと、待てっ！　人の話を聞けって！！」

いったい——いったいなにがどうなってるんだ？　マンションって、今田と彼女の新居じゃなかったのか？？

「ええっ？　あたしと今田さんの？　いいえ、とんでもないですわ、たしかに、下見の日に今田さんを迎えに仕事場まで出向いたり、接待を兼ねてお酒をご一緒したりはしましたけれど……」

彼女はころころと笑いながら言葉をつづけた。

「それに、あたしがいまおつき合いしてるのは、彼……平蔵ちゃんですのよ。あのマンションを今田さんにお勧めしたのも、実は彼の紹介ですの」

「そうなんですよ弘さん。ほんとに有馬さんはすばらしい方だ。さすがは弘さんのご学友ですねっ」

「……な……んだ……って……？」

弘は呆然とし、有馬を振り返った。

有馬はしれっとした顔で煙草をふかしている。

「あ……有馬……おまえ……っ？」

「あァ有馬さん。あなたにはどんなに感謝しても感謝しきれません。このご恩、けっして一生忘れませんよっ」

「なんのこれしき。いいってことよ」

カカカカカ、と有馬は美女の柳腰を抱き寄せて、水戸黄門《みとこうもん》ばりの高笑い。

「それよりしっかり励めよ、青少年。いやさ、性《せい》少年。相原は百戦練磨だからな。なま半かなテクじゃあ満足しねえぞ」

「まあ、平ちゃんったら。そんなに焚きつけちゃ相原さんの体がもたないわよ」

「だいじょうぶ、ぼくはやさしい男ですからね。ハハハ、まいったなコリャ」

——……な……

なんだなんだなんだ……この展開はなんなんだ、いったいどういうことなんだ⁉

この美女は不動産屋で、今田はおれの向かいのマンションの部屋を買って有馬はいいヤツで今田は変態でおれの部屋を覗きたくて、不動産屋は今田の彼女でもなんでもなくて有馬の女で——

「ああでも、本当に、こうなるとわかっていたらもっと早く契約しておくべきでした。そうしたら今回だって、弘さんの体調の変化にも真っ先に気づいたはずなのに……」

「ち、……ちょっと……待ってくれ」

弘は震える声で云った。あまりの急展開に激しい眩暈がして、三人の会話にまったくついていけなかった頭が、軋《きし》みながらもようやくゆっくりと回転しはじめる。

「じ、じゃあ……おまえがおれを無視してたのは、おれに飽きたからでも諦めたからでも、女ができたからでもなくて……？」

「なにをいまさら、マイ・スウィート・ローズ。このぼくがあなたを嫌いになるはずがないと、あれほど申し上げたではありませんか。あなたへのあふれんばかりの愛が、ほとばしる獣のような欲望によって汚れてしまうのを恐れるあまり……そして、そんな邪念を抱いている自分を恥じるあまりに、あなたのお顔をまともに見ることができなかっただけなのです。でも、知らなかったな。弘さんが、ぼくと恵美子さんの仲を疑ったなんて。んん……かわいい人だ。うれしいですよ、ヤキモチ焼いてくれて。でも、これからは、一時たりともそんな疑いをもたせるような振る舞いはしないと誓いますよ。嫉妬《しっと》に涙を流すあなたもかわいいが、あなたの笑顔こそがぼくの守るべき真実……」

流々たる台詞のあいま、今田は取った手にちゅっ、ちゅっと音を立ててキスをくり返す。

「どうかご安心ください、ぼくの心はひとつだけ。天が空から落ちてこようと、弘さん、あなたへの愛だけは、この世でたったひとつの永久ですよ……マイ・オンリィ・ラヴァー……」

「いよっ、熱いねえお二人さん！」

「……て……めえ……——有馬ぁぁッ！」

弘は今田の手を振りほどくと、彼の後ろで悠長に煙草をふかしながら野次を飛ばしている黒衣の男に飛びついた。力任せ、襟首《えりくび》をぐいぐい締め上げる。

「どーゆーことだよこれは——っっ！！」

「あぁん？　どーゆーもなにも、リクエスト通り、暑苦しさから救ってやったんだろうが、やあ、おれってほんとに友達思い。イイやつだなあ」

「どこがだーッ！　誰がいつ今田をうちの向かいに住まわせろなんて頼んだよ！　こんな恐

ろしいこと仕組んどいて、おまえそれでも友達かっ！　おれはこの暑苦しさから救ってくれって――」

「だから、ご希望通りだろって」

有馬は、くわえ煙草で、キヒヒヒ、と笑った。

「まるで背筋が凍るようだろうが」

「――」

「ああハニィ。これでぼくは近日中にはあなたのお向かいさんですよ。ご近所のよしみ、これからもいっそうよろしくお願いいたしますね」

「それじゃあ今田さん、さっそく明日にでも契約書を持って伺いますから、必要な書類を揃《そろ》えておいてくださいね。引っ越し業者はこちらで手配しますから、楽しみにしてらして」

「お、もうこんな時間か。んじゃおれ帰るわ。恵美子、今日、店来るだろ？」

「行くわよお。おめでたい日だもん、ニューボトル入れちゃう」

「いっそこのまま同伴出勤てのは？」

「あん、ダメよお、……あたしまだ仕事中なのにぃ……」

――……な……――

なんて……やつらだ……

なんていう仕打ちだ……！

いったいどうしておればっかりこんなメに遭うんだ……いったい、おれが、なにをしたっていうんだ……!?

いったい……この世には、神も仏もいないのかっ……!?

「おや……弘さん？　お顔の色がすぐれませんよ。いけないな、病み上がりなんですから無理をしちゃ。ささ、ぼくの肩につかまって。さぁさぁさぁさぁ」

「……だ……」

「やだな、遠慮はなしですよ。ぼくたちはもうご近所じゃないですか。これからは、このぼくがいつでも二十四時間、お望みとあらば下《しも》の世話までしてさしあげますからねっっっ」

「……だれ、か……っ……」

「ああ……マイ・ディア、マイ・サン、マイ・チョコレート！　ぼくはもう、一生あなたを離しませんよ……！」

「だれか…っ…助けてくれエェェェ――――っっっ！」

頃は、といえば、夏真っ盛り。

甘いアヴァンチュールのこの季節、弘の春は、まだまだ遠い、ようだった。

クリスマスキャロルの頃には

ACT 1

「いよいよクリスマスシーズンになりましたねえ……」

ビデオソフトを並べる手を止めて、溜息《ためいき》まじり、地を這《は》うような陰鬱《いんうつ》な声を吐き出したのは、秋山《あきやま》ミカだ。

「今年もまたあのクリスマスツリー飾るんでしょ？　あの三メートルくらいある、バカでっかいやつ……」

「じゃないかなぁ？　うちの社長、派手なの好きだから……」

同じく棚のソフトを並べ変えながら、弘《ひろし》も憂鬱《ゆううつ》に溜息をつく。

「ほんっとに、社長もねー、あんなもん三店分も飾りつけるこっちの身になってほしいですよね。あれやったあとって自分ちのツリーなんか飾る気力ないですもん」

「おれらにゃクリスマスどころかクルシミマスだもんなー。年末進行だわ年明けまでろくに休みはないわ、バイトは勝手に休みまくるわ店は混むわ……」

「ほーんと……毎年この時期になると、安易にサービス業に就《つ》いちゃった自分が恨めしくなりますよ」

高校時代からのアルバイト転びで正社員になった秋山は、しみじみ、後悔の吐息をついた。

年末も間近いこのシーズン、毎年憂き目に遭うのは彼らのようなサービス業と決まっているのだ。

レンタルCD&ビデオショップ〃AV《エーブイ》 RAN《ラン》〃駅東《えきひがし》店。日曜の午後、風は強いものの、十二月の空はすがすがしく晴れ渡っている。そのせいか客の出足は鈍くて、カウンターのアルバイトも店員も、暇を持て余していた。

「あーあ、まだ四時か……。暇なときってどうして時間が経つのが遅いのかなあ」

「そんな台詞《せりふ》、社長に聞かれたらまたお小言ですよ。相原《あいはら》っ、仕事は自分で作るもんなんだぞ！」

「今田《いまだ》に比べりゃ社長の小言のがよっぽどマシだよ」

「そういえば……なんか静かだと思ったら、今田くん、出張なんですね」

「今日の夕方には帰ってくるけどな」

やれやれ、と弘は、二つめの重い溜息をついた。

駅東店店長、相原弘。先月、二十六になったばかりの彼の重い溜息の原因は、同じ職場の後輩にあるのだった。

「あーあ、やれやれ……たった三日の天国だったたか」

「でも、いなきゃいないで、静かすぎて寂しいでしょ」

「まーなあ」

「……えっ？」

「え？」

「相原さん……いま、寂しいって云《い》いませんでした？」

「えっ」

「はーん。つい本音がポロリってやつですかあ？」

「ばっ……なにがっ。云ってないよ。寂しいわけないだろっ」

「うそうそ。云ったじゃないですか、寂しいでしょって訊《き》いたら、まあなーって」

「そっ……それはだから、言葉の弾《はず》みってやつで……」

「またまた、素直じゃないんだから」

「ちがうっつってんだろがっ」

「ムキになるとこがますますあやしい」

「あーのーなあっ……」

「あのう……お忙しいところ、すみませんが」

はい？　と職業的スマイルで二人同時に振り返ると、高価そうな、渋い抹茶色の着物姿の女が棚の前に立っていた。

齢《とし》の頃は三十がらみ。一見して上流家庭の婦人とわかる、襟足《えりあし》の美しい女だ。

「ハイハイ。なにかお探しですか？」

「ええ、あのう……こちらに、今田浩志郎《こうしろう》という者は、おりますでしょうか」

「はい……？」

弘とミカは顔を見合わせた。

「今田はうちの従業員ですが……」

「あの……失礼ですが、どちらさまでしょう？」

「失礼いたしました——わたくし、今田浩志郎の姉の、美津子《みつこ》と申します」


「ちーっす。相原ー、什器《じゅうき》持ってきたぞー」

いつもの調子で事務所に入ってきた、〝ＡＶ　ＲＡＮ〟本店店長の間島明次《まじまあきつぐ》は、簡素なパイプ椅子《いす》に座った和服美人を見るなり、ちょっとこい、と弘を室《へや》の隅に引っ立てた。

「だれだよあの美人？　パート志望？　おまえのコレ？」

「よければ紹介しましょうか？　あの今田のお姉さんでもよければ」

「姉さん!?　あいつ姉さんなんかいたのかっ？」

「おれに訊いたって知りませんよ」

「へー。でもなんでそのお姉さんがここにいんのよ」

「岡山《おかやま》から今朝出てきたんだそうですよ。はじめ今田のマンションに行ったら管理人が不在でなか入れなかったんで、しょうがなくここに訪ねてきたらしいんですよ。今田もそろそろ戻ってくるし、それまでここで待っててもらってもいいかと思って……」

「はーん。んでもよくここがわかったな」

「手紙にこの店のこと何度も書いて送ったらしいんですよ」

「店のことじゃなくて、おまえのことじゃねえの？」

間島は意味深ににやっと笑った。

今田浩志郎は、今年の四月から〝AV RAN〟に就職した、アルバイト転びの正社員である。岡山出身、国立大卒の、弘より三つ年下の二十三歳。スマートで、なかなか女好きのする美形だが、彼は、いまから遡《さかのぼ》ること一年十ヵ月前の出逢い以来、弘を「運命の恋人」と呼びつづけて迫り倒し、同じレンタル店にアルバイトに入り、就職までし、あげく先の夏には弘の部屋の真向かいにマンションを買って住み着いてしまったほどの、偏執的な信奉者。云ってみれば、ただの変態である。

この二年、あの男のおかげでどのくらいの害を被《こうむ》ってきたか——〝タラシのヒロシ〟とまで云われた男が、やつのおかげでホモの烙印《らくいん》を押され、寝込みを襲われ、百を超すラブレターを送りつけられ、あとをつけられ、待ちぶせされ、……その辛苦は、まさに絶語に値する。

「いやしかし、なかなかそそるなあ、和服ってのは」

「あ、色気出してもムダですよ。彼女人妻ですから」

「ばっか、おれがそんなに見境なく見えるか？　それ云うならおまえだろって」

「それこそなに云ってんですか。いくらおれだって今田の姉貴に手ぇ出すほど人生捨ててませんよ」

「そりゃそうか。でも美人だなあ。血は争えないっていうか……」

たしかに、今田浩志郎もなかなかの美形ではある。涼しい二皮《ふたえ》、尖《とが》った顎《あご》、女好きする甘い顔立ち、さらりと分けた甘茶色の髪……そういえば、目もとのあたりは姉の美津子にそっくりだ。すらりとした長身なのも、血筋だろうか。

「あれ、そういやミカちゃんは？　今日こっちで店員じゃなかったか？」

「間島さんと入れ違いにさっき本店戻りましたよ。事務所でCDの発注リスト作るっつって」

「ああ……そういやもうすぐ全店ミーティングだっけな」

「そうそう、さっきミカちゃんとも話してたんですけど、そろそろクリスマスのディスプレーを……」

「ひっ、ろっ、しっ、さーんっっ！」

弘の言葉尻にかぶさるように、バーンっ！　と音を立てて勢いよく扉が開いた。

振り向かずとも、誰かはわかる。こんな登場の仕方をするのはやつしかいない。

「ややややあ弘さんっお元気でしたかっ？　あなたの今田浩志郎、二泊三日の研修からただいま帰って参りましたよっ。んーっ、お会いしたかった、ダーリン！」

土産《みやげ》の包みとボストンバッグを振りかざし、んちゅちゅちゅちゅちゅーっと投げキッスの雨を降らせながら、嵐を呼ぶ男今田浩志郎は、一直線に弘へと突進してきた。

「だーっ！　るっせーなおまえはッ。事務所には静かに入ってこいって云ってんだろうが、いつもいつもいつもいつもっっ」

「なにをおっしゃいます。あなたと三日間も離ればなれだった寂しさからやっと解放された喜びが、どうしてほとばしらずにおれましょう。三日と云ったら七十二時間、なんと四千三百二十分もその花の顔《かんばせ》から、その美声から、引き裂かれていたぼくの辛《つら》さが、いかほどのものだったか！　ああ弘さん……あなたに逢えぬ夜はナイル河よりも長かった……！」

「浩志郎さんっ！」

次の台詞に移ろうと、今田が息つぎをしたその瞬間、鋭い叱責《しっせき》が飛んだ。

はじめ、だれもが、それが誰の声かわからなかった。

しかし、この場で今田を浩志郎と名前で呼ぶ人間は、たった一人。

「なんてこと——悪ふざけにしても程度がありますよ！　そちらの方は、あなたの上司に当たる方じゃありませんか。たいがいになさいな」

「ね……ねねね、姉さんっ!!」

弘の首ったまにかじりついたまま、今田が叫ぶ。だが、その叫び声よりも、あからさまにたじろいでいる今田のようすに、弘は驚いた。たじろぐ今田なんて、背泳ぎする亀よりめったに見られるものじゃないのだ。

「姉さん、ど、どうしてここに……!!」

「そんなことより、まず荷物を下ろしなさい。しょうのない子——相原さん、いたらない弟で、あいすみません」

「は……はあ」

「姉さん、どうしてここにいるんです!!」

「どうしてじゃないでしょう」

美津子は厳しく云った。

「東京に就職すると云ったきり、お盆にも帰ってこないし、いつ電話してもいないしで、心配でようすを見に来たんですよ。お父さまもお母さまもそれはもうあなたのことを心配してらっしゃるのに……なんですかその態度は。みっともない……お母さまが見たら泣きますよ」

「そ、そんなことより、姉さん、なぜお店に。困ります、ここはぼくの聖職の場。いくら姉さんでも理由もなく立ち入ることは許されませんよ」

「まあ。わたくしが理由もなくここへ来ると思って？」

「決まってるじゃありませんか。あなたの恋人を見に来たんですよ」

彼女はきっぱりと云った。

「その方と同じ職に就きたくて、あんなに望んでいた教職も諦《あきら》めてこちらに残ったのでしょう？　私の勧めたお嬢さんとの縁談も断わってまでのことですものね、きっとすてきな方なのでしょうね」

……いやーな……予感がするぞ……。弘の背中を嫌な汗がたらりと伝った。

横目で間島を見ると、彼も同じ思いだったらしく、なんとも云えない、嫌そーな顔をしている。

「それで、どの方なの？　お姉さまに紹介してちょうだいな。さっきの秋山さんて方かしら？　彼女、とってもかわいらしい方よねえ」

「いえいえ姉さん、たしかに秋山さんはかわいい方ですが、ぼくの愛する人と比べたら、……ふっ……言葉は悪いですが、月とすっぽん。彼女を早咲きの桜の蕾《つぼみ》にたとえるなら、ぼくの恋人は大輪の紅薔薇《ばら》……陰りなき太陽、エメラルドの湖水。その瞳の美しさときたら、どんなダイヤモンドでもかなうものはないでしょう」

「まあ……。面食いのあなたがそこまで云うんですもの、さぞすてきな方なんでしょうね。それで、どの方なの？」

「いやだな、姉さん。これだけ云ってもおわかりになりませんか？」

……あ……なんか……嫌な予感が……。

「この人ですよ」

……予感が……

「この方が——この、相原弘さんこそが、ぼくの愛する人ですよっ、姉さん！」

きっぱりそう云いはなつと、今田は、身を硬くして突っ立っていた弘の唇に、んっちゅー、と熱烈キスをしたのだった。

ACT 2

それからとっぷり一分間、室《へや》のなかは静まり返っていた。

弘は、唇を盗まれたショックから立ち直れずに、呆然《ぼうぜん》とその場に突っ立ったままだ。

座の空気は、シベリアの凍土《とうど》よりも固く重く凍りついている。間島も、弘も、美津子も、互いの立場から発すべき台詞を、それぞれ必死で探していた。

「こ……」

美津子は、ショックに震える唇から、なんとか言葉を絞り出そうとしていた。

「この方って……い、いやだわ、もう……冗談はよして、浩志郎さん？　だって……この方は、相原さんは……男の人でしょう？」

「性別なんてちいさいことです。そんな偏見を超えた愛ですよ、姉さん」

美津子がやっと絞り出した言葉に、今田が、いつもの、本当にいつもの調子で胸を張って答えるのを聞いて、弘は目の前が真っ暗になった。

「弘さんこそぼくの紅薔薇、永遠の恋人……。一生をこの命をかけて愛すると、たった一人誓った方です。いまはまだ残念ながら、精神的にも肉体的にも深いつながりはありませんが、なにしろ天のお導きで出逢った二人です。マリアナ海溝《かいこう》よりも深い関係になるのも、まさに

時間の問題……」

「ばっ……」

弘と美津子は声を揃《そろ》えた。

「バカ云うなよっ。なにが時間の問題だっ」

「馬鹿おっしゃい！　男に今田家の跡取りが産めますか！」

「跡取りなど姉さんが産めばいいじゃないですか」

「なんてことを、それが今田家の長男の言葉ですか！」

「いや、あの、二人とも、そういう問題じゃ……」

「あなたは黙ってらして！……いいですか浩志郎。あなたは今田家の大事な跡取りなんですよ。あなたは将来、しかるべき家柄のお嬢さんを貰《もら》って、お父さまの跡を継がねばならないんです」

「いくら姉さんの云うことでも、それだけは聞けません。ぼくと弘さんの間を裂くことは、何人《なんぴと》たりとも許されない。ぼくの魂も、体も、この髪の毛の一筋まで、弘さんただ一人のもの……ほかの人間に捧げることは、たとえぼくが許しても、愛の女神はお許しにならないでしょう。姉さんになんと云われようと、ぼくは弘さんとは別れません！」

「別れるもなにもはじめからくっついてないだろうがっ」

「そんなことをお父さまがお許しになると思うの!!　もしも知れたら勘当ですよ、わかっているのっ？」

「弘さんとの愛のためなら、親子の縁も惜しくはありません」

「んまぁ……！」

美津子は眩暈《めまい》を起こしたようだった。額《ひたい》を押さえて、ふらっと倒れそうになった彼女の肩を、慌《あわ》てて間島が支える。

「まあ……まあ、まあ、まあっ！　なんてことなの！　だ、だから東京に出てくるのは反対だったんです。だいたい、教員資格が取りたいなら、なにも東京になど出てこなくても岡山にだっていい大学はいくつもあったのに……ああ……やっぱりあのとき諦めさせるべきだったんだわ！　よりによって、こんな男にたぶらかされてっ」

「た、たぶらかすって……誤解ですお姉さんっ、おれはなにも……」

「あなたにお義姉《ねえ》さんと呼ばれる筋合はございません！」

「そういう意味じゃなくてっ」

「勘当するならどうぞしてください」

「いや、まあまあ、今田くんもお姉さんも、すこし落ち着いてですね……」

「お姉さん、ちがいます、おれはホモじゃないんですっっ！」

「あなた方は黙っててらして！」

キッと振り向いた美津子の表情の険しさに、弘も間島も二の句を告げなくなった。

「とにかく――わたくしはぜったいに許しませんよっ。今田家の長男が男色の道に迷うなど、ご先祖様に申し訳が立ちません！　浩志郎、あなたは今日中に荷物をまとめて、わたくしと一緒に岡山に帰るんです。よろしいわね!!」


「えーっ！　あのあとそんなことがあったんですかあ？　惜しいっ、見たかったあーっ」

大騒ぎの翌日は、嫌味なほど晴天だった。

弘は店の奥の狭い事務所で伝票のチェックをしながら、どこで噂《うわさ》を聞きつけたのか「昨日《きのう》は大騒ぎだったそうですねー」とミーティングの打ち合わせがてら店を覗《のぞ》きに来た秋山ミカに、いつものように愚痴《ぐち》をこぼしていた。

「あーん、もうすこし待ってればよかったなあ。惜しいことしちゃった」

「勘弁してくれよ。冗談じゃないっての、おれまであの人に変態扱いされたんだぞ。バイトの連中にもまた変な目で見られるしさー……」

「あれ。変なの」

「なにが」

「お姉さんに変態扱いされたのは怒ってるのに、今田くんにキスされたことは怒ってないんですか」

一瞬うっ、と言葉に詰まった弘を、彼女は長い髪を弄《もてあそ》びながら、はは-ん、と意味深な目つきで眺め回した。

「な……なんだよ」

「だいじょうぶですよ、相原さん。変質者よりは変態のほうがぜんっぜんかわいいですから」

「なんだよそれ」

「いえべつに。ただ近ごろじゃゲイにも市民権はあるしなーって」

「ばか云うなよ。だれがゲイだ。今田のことは怒ってるに決まってるだろ。ただおれは、好みの美人に変態だと誤解されるのが我慢できないんであって……」

「でも相原さん最近女の子と遊んでないでしょ。もしかして、もう今田くんと……だったりして？」

「しまいにゃ怒るぞ」

「あはは。ごめんなさーい、冗談でーす」

秋山ミカは無邪気そうに笑ってぺろっと舌を出した。

彼女は、どうも、弘と今田の確執をおもしろがっているふしがある。その上、最近は妙に今田に肩入れしていて、ことあるごとにけしかけるような言い回しをするのだ。

あの今田の姉さんといい、ミカちゃんといい……いったい、最近、女難の相でも出てるんだろうか。

(男の厄年《やくどし》っていつだっけ。一度お祓《はら》いにでも行ったほうがいいかな……。……いや、やっぱその前に、男難のほうか……)

だいたい、あいつのおかげで、この一年と十ヵ月、本当にろくなことがなかった。

弘のいるところなら、女子トイレのなかにまで追ってくるあの変態今田浩志郎のせいで、ホモだと勘違いされて女が寄ってこなくなっただけでなく、職場の同僚やらアルバイトの連中にまでおかしな目で見られ。あげく、最近では店の会員の間で、〝AV RAN〟駅東店の店長はホモだという噂まで流れているらしい。

今田の姉にホモだと誤解されたのは、いまにはじまったことではないし、けっきょくは誤解なのだから、まだ根は浅い。

それよりも、問題なのは、今田にキスされたことじゃない。キスされて、ショックではあったが腹が立たなかったことのほうが、ずっと大きな問題だ。以前の自分だったら、今田をぶん殴って歯を磨いてうがいして、念入りにアルコール消毒した上に、かわいい女の子のキスで口直し……と考えたはずなのに……。

(……あんまり深く考えるのはよそう。……墓穴掘りそうだ)

ただでさえ、最近、今田の長回しの台詞や、〝アイ・ラ・ビュ〜ン〟や〝スウィート・ハニィ〟なんて言葉にも免疫ができてしまっている。これで、キスも気にならないなんてことになったら……落ちる先は、同じ穴のムジナ、だ。考えるだにゾッとする。

「それで、そのお姉さんは？」

「昨日はとりあえず間島さんが収めて、今田と一緒に帰ってってった。しばらくこっちにいるんじゃないか？　どうしても今田を岡山に連れ帰るって息巻いてたから……」

「ふーん。ああいう楚々《そそ》とした美人が怒ると怖いからなー」

「ったく、なんでこう、姉弟《きょうだい》揃いもそろって台風の目みたいなんだろうな」

「そりゃやっぱり遺伝ってやつじゃないですか？」

「ってことはあいつんちの親もあんなんかよ。……最悪……」

「ちょっとちょっと。相原さん」

げえーっ、と思わず舌を出した弘を、秋山がペンの先でつついた。

「噂をすれば。いらしてますよ、その台風の目さんが」

「……え？」

ペンの指す先を追って振り返ると、事務所の入り口に、紬《つむぎ》の和服の、くだんの美人が立っていた。

公園の街路樹はすっかり葉が落ちて、冬の到来を告げていた。

近くの学校がちょうど下校時間なのか、小学生たちがわーわー騒ぎながら群れて走っていく。

いつの間にか、日がずいぶん短くなっている。まだ四時前というのに、西の空は蜜色の、もう夕暮れ空のようすだった。

「昨日は……たいへん、失礼をいたしました……」

彼女は、まず、そう頭を下げた。

うつむくと、うっすら甘い匂いのする白いうなじがきれいで、ついうっとりと見とれてしまいそうになった。

「お恥ずかしいですわ……あのような見苦しいところをお見せしてしまって……」

「いえ……いいんですよ。弟さんがご心配なのはよくわかりますから」

自分をどんな扱いをした女にも、ついついやさしくしてしまうのが、弘の悪い癖《くせ》だ。おまけに彼女は美人ときている。たとえ、人妻で、今田によく似た面《おも》ざしであったとしても、美人に弱くない男はいない。

「あの……それで、誤解してらっしゃるようですけど、おれと今田とは——」

「はい、あのあと、間島さんからくわしく伺いました。なんですか、あなたのことは、うちの浩志郎の勝手な片想いですとか……。本当に、わたくしったら、とんでもない勘違いをして、ご無礼を申し上げて……どうかお許しくださいね」

「いえ——わかっていただければ、それで」

「本当に、弟がいろいろご迷惑をおかけしていますようで……。申しわけありません」

美津子ははにかんだようにハンカチを口もとに持っていった。

「浩志郎は、昔から、こうと思い込むと一直線な子で……何事にも正面からぶつかっていかないと気のすまないところがあるようで」

「はあ……そうみたいですね」

「本当にまあ、やっと生まれた長男ということで、皆で甘やかして育ててしまったものですから……」

手のなかでハンカチをしきりに捩《よじ》りながら、今田によく似た涼しい目もとを、なにか思い詰めたかのように、すっと細めた。

「あれでも昔は素直で……頭のいい、本当にいい子だったのですけれど……」

「はあ……」

「ま……、わたくしったら。ごめんなさい、こんな話」

気まずそうに、ハンカチでちょっと口もとを隠す。伏せた目尻が怖いくらい今田浩志郎に似ていて、弘をドキッとさせた。

（なんでここでドキドキすんだよ）

姉弟なんだから、似てて当然なのに……でも、この人にこんなに和服が似合うってことは、やっぱり今田もそれなりに似合うんだろうな……。

「あの……わたくしの顔になにか？」

「え、いえ、べつに。……あの、それで……ぼくに話っていうのは」

「ええ……実は昨夜《ゆうべ》、あの子とよく話し合ったのですが……どうあってもあなたを諦めることはできない、ぜったいに岡山には帰らないと、頑固に……。本当に……あの子があれほど頑《かたく》なにわたくしに逆らったのは、生まれてはじめてですわ」

美津子は、薄紅を引いた美しい唇で嘆息した。ほとほと困り果てているように見えた。

「それで……考えたのですけれどね。わたくし……無理にでもあの子を、岡山に連れ帰ろうと思いますの」

彼女は思い詰めたようにつづけた。

「聞けば、相原さんは、うちの浩志郎のことは毛ほどにも思ってらっしゃらないとか。それどころか、あの子のことはずいぶん迷惑に感じてらっしゃるようだとお聞きしました。でしたら、いまならまだ、あの子の独り相撲《ずもう》で事はすみますでしょう？

男の人同士のことは、女のわたくしにはよくわかりませんけれども……こういうことって、若いころにはありがちな、子供のハシカのようなものだとも、云いますでしょう？　ですから、早いうちに故郷に連れ帰って、しかるべき家柄の娘さんとの縁談を調《ととの》えたいと思ってますの」

それがあの子のためだと思うんです、と、彼女はふっと溜息をついて云った。その表情は、なぜか、やるせないような気持ちを抑えているように見えた。

「たとえ……いまはわたくしのことを恨んだとしても、のちのちは、自分のためだったと理解してくれるでしょうから……」


その日の夜、今田が、〝RAN〟駅東店に、本店の倉庫からクリスマス用の什器を運んできた。

什器というのは、〝RAN〟ではCDを並べるラックやキャビネットなどの陳列棚を主に指し、別名、雛段《ひなだん》ともいう。

「社長が、今回の什器でクリスマスのコーナーを作れとのことです。ツリーのほうも今週中には飾りつけをするようにと」

「ああ。ご苦労さん」

「……あの……弘さん」

書類からまったく目を上げないで受け答える弘に、今田はおずおずと切り出した。

「昼間、姉があなたに会いに来たそうですが……」

「……ああ」

弘はやっと今田を振り返った。

事務所の入り口、今田は情けないような顔で弘を見つめている。

さしもの今田浩志郎も、実姉には頭が上がらないのかと思うと、そこから彼らが育ってきた環境までが透かし見えるようで、なんとなく微笑《ほほえ》ましいような気もした。

「心配してたぜ。おまえもさ、意地張ってないで岡山帰るなりしたら？　いーとこのボンボンがつづけるような仕事でもないだろ」

「……姉がなにを云ったか知りませんが、ぼくはたとえだれに反対されようと、あなたのことを諦めるつもりはありませんよ。第一、運命がそれを許すはずがありません——ぼくらは離れることのできない定めに生まれているのですから」

「いつもいつも、おまえのその根拠のない自信はどっから来るのか不思議だよ」

「根拠がないなんて。あなただってわかっているはずですよ。ぼくとあなたはこんなにも魅《ひ》かれ合ってる……はじめて出逢った冬の夜、見つめ合ったそのときから、ずっと。あなただって、本当はわかっているはずです」

「なにふざけたこと云って——」

「弘さん。ごまかさないで」

ドキッとした。

今田の表情から、いつもの陽気で強気な輝きが、なぜか今夜は消えていた。

「……好い機会です。今夜こそ、はっきりとお訊きしたい。あの、真冬の夜の衝撃の出逢いから、早《はや》一年と十ヵ月……ぼくはあなたのことを唯一の恋人、人生最愛の人と信じて、心から慕って参りました。だからこそ、はっきりと聞かせてください」

たじろぐような真摯《しんし》な視線。

「あなたは……本当は、ぼくをどう思ってらっしゃるのですか？　出逢ってから一年と十ヵ月……ぼくのことを、すこしでも好きになってくださいましたか？　いいえ——いまはまだはっきりとぼくへの気持ちがわからなくても、それでもかまわない。でも、希望はあると……たとえ七十億分の一でも、あなたがぼくを愛するようになる可能性はあると、信じていてもいいでしょうか……？」

今田の視線も言葉も、怖いほど真剣で、弘は急に息苦しくなった。

可能性？　おれが今田を好きになる？

いまさらそんなこと、はっきりもなにも。ありえない。今田なんか。こんな、お調子者で、早トチリで思い込みが激しくって、変態で、迷惑なやつ、好きになるほうがおかしいに決まってる。

いつだってそう思っているのに。なのにどうしてか、こんなときに言葉が出ない。なにか云わなきゃと考えれば考えるほど、言葉が端《はし》から今田の瞳のなかに吸い込まれていくような気がした。

「そ……そんなの……」

「弘さん――」

「そ……んな可能性、あるわけないだろ」

胸苦しい視線から逃げるように、ぎこちなく書類の上へと視線を逸して、弘は冷たく云った。

「七十億分の一どころか何十億光年待ったっておまえのことなんか好きになるわけないだろ、ったく。ばかばかしい。何度云わせるんだよおまえは」

「弘さん……」

「わかったらさっさと什器下ろして並べてこいよ。今日は忙しいんだからな、おまえのくだらない長台詞聞いてる暇なんかないの」

「……はい。……申しわけありませんでした」

今田は、一礼すると、のろのろと事務所を出ていった。

「いいんですか、あんなこと云って」

伝票の束を抱えて、入れ違いに事務所に入ってきた秋山ミカが、責めるような口調で云った。

「……盗み聞きは良くないよ」

「聞こえちゃったんです。……あんな冷たいこと云って、ほんとに今田くんが岡山に帰っちゃったりしたらどうするんです？」

「……どうするもなにも、せいせいするに決まってるだろ」

「今田くん……ほんとに傷ついてたみたいでしたよ」

「その気がないならはっきりそう云ってやったほうがあいつのためだって云ったの、ミカちゃんじゃなかったっけ？」

「それは、その気がないならの話ですよ」

「そんなもんないって云ってるだろ」

「ほんとにそうですかあ？　今田くんにちょっと無視されただけで胃潰瘍になっちゃったくせに」

「あれは……！」

「あれ？　ちがうんですか？」

「………」

「素直になったほうが楽だと思いますけどね。いなくなっちゃったりしたら、ほんとに胃に穴あいたりして」

反論したかったが、やめた。ムキになっていると思われたくなかった。パソコンの立ち上げの軽やかな電子音が、ＢＧＭの有線の音楽に混じって、狭い事務所のなかに流れはじめる。

それきり二人とも黙っていた。

「わーあ。きれいにしてるのね」

住吉《すみよし》三丁目、弘は赤い壁のマンションの１ＬＤＫに住んでいる。ＬＤＫとはいえ、リビングとダイニングキッチン合わせて八畳ほどという狭さだが、イタリア製のソファ、変わった形のガラステーブル、インド製の複雑な柄織物のラグマット、贅《ぜい》沢《たく》かつシンプルなＡＶ機器などを配して、なかなかの美観を保っている。

というのも以前つき合っていた女性がインテリアコーディネーターで、この部屋の家具の配置や配色には彼女の手が入っているのだ。ソファも、引っ越しのときその彼女が安く手に入れてくれたものだった。

「なんだか意外。もっと散らかしてると思ったのに」

「おれってそんなズボラに見える？」

「だって、もてる男の人って、たいてい部屋散らかしてて、遊びに来た女の子が、きったなーい、あたしが掃除しに来てあげるぅ、とか云ったりするもんじゃない？　あ、すごい、流しもきれい」

「なーんだ……だったらもっと散らかしとくんだったな」

「どして？」

「だってそしたら、由紀子《ゆきこ》ちゃんが掃除しに来てくれるんだろ？」

「だーめよお、あたしお掃除苦手」

由紀子はカラカラと陽気に笑って缶ビールを飲む。

行きつけのバーで釣り上げた久々の獲物は、ショートヘアの、色白のコンパクトグラマー。手入れされた赤い長い爪はいまにも折れそうで、彼女が家事に心得のないことを示していた。

「五階のわりにはけっこう見晴らしいいのね、このお部屋」

由紀子は今度はバルコニーを覗いて歓声を上げた。

坂の上に建っているのと、周囲に高いビルがないのとで、このマンションは夜景がよく見える。屋上からなら、天気がいいとレインボーブリッジまで望めるらしい。

「ねー、ベランダ出てもいい？」

「え？　いや……ベランダはちょっと……やめたほうが」

「どうして？」

「いや、こっちは……向かいのマンションから丸見えなんだよ」

「え？　どれどれ……ほんとだ。向こうのベランダ、だれか立ってる」

「え……」

弘もカーテンの間から覗いてみた。

向かいのマンションの、この部屋のちょうど真正面のベランダに、男の影が見えた。暗くて顔は見えない。逆光で、シルエットが切り抜き絵のようだった。

今田だ。

彼は、よくああして、あのベランダに立っていることがあった。なにをするでもなく、一時間でも二時間でも、ただぼんやりとこっちを見つめている。弘の部屋を。なにしろあいつは、それが目当てで、今年の夏、わざわざあのマンションを買ったのだ。そういう変態なのだ、あの男は。

(なんでそんなやつをおれが好きになるんだよ。素直になるもなにもあるかってんだ)

おれは、こんな、かわいくて、やわらかくて、明るくて、頭と尻がちょっと軽い女の子が、大・大・大好きなんだ。だれがあんなごついヤローなんか！

「ゆーきーこちゃん」

「んー？」

後ろから抱きしめて、丸い耳たぶに唇を寄せた。由紀子はくすぐったそうに細い腰をねじった。

「だーめ、向こうから見えちゃうわよ」

「……いいよ。見えたって」

「あ、ん……弘……。だめ……暗くして……」

「いいよ、このままで」

「やん、えっち……」

紅い唇がひそやかに笑う。

二人は抱き合ったままラグマットの上に倒れ込んだ。うなじの芳香はイザティス。意外に趣味は渋いらしい。

——ふと、同じ匂いをどこかで嗅《か》いだことがあるような気がした。

……どこでだったか？

あれは、たしか、今日の……店の客？　そうじゃない、あれは……。

（……無理にでもあの子を、岡山に連れ帰ろうと思いますの）

薫《かお》りの記憶は、夕暮れの公園、女の台詞を伴って、まざまざと脳裏に蘇《よみがえ》った。

そうだ。この匂い。今田の姉貴と同じ香水だ。彼女はずいぶんうっすらとつけていたので、あのときは特に意識しなかったのだ。

一度思い出すと、次々に彼女の台詞が脳裏に蘇ってきた。

（聞けば、相原さんは、うちの浩志郎のことは毛ほどにも思ってらっしゃらないとか）

（いまならまだ、あの子の独り相撲で事はすみますでしょう？）

（若いころにありがちな、子供のハシカのようなもの……）

……今田のあれがハシカ？　これまでのあいつを知らないからそんなこと云えるんだ。たしかに反対されたからって、簡単に諦めるようなタマかよ、あいつが。それくらいなら苦労しないってんだよ。

（早いうちに故郷に連れ帰って……）

まさか。連れ帰れるわけがない。もし無理に連れ帰ったたって、そんなことで諦めるようなやつじゃない。

でも――

急に、胸が騒いだ。

（連れ帰って、しかるべき家柄の娘さんとの縁談を……）

（縁談を）

「……弘？」

急に起き上がって床に胡座《あぐら》をかいた弘を、マットに仰臥《ぎょうが》したままの由紀子が、怪訝《けげん》そうに見上げる。

「どうしたの？」

「……」

「……ちょっと？　なんなのよぉ」

「……悪い」

「悪いって……なによそれ」

やっと意味を含んだらしく、由紀子はずり落ちたブラジャーのストラップを直しながら起き上がった。

「ちょっと……なによ、冗っ談じゃないわよ、ここまできて！　バカにしないでよねっ。もういい、あたし帰るっ」

ソファの上のバッグを荒々しくつかむと、由紀子はものすごい勢いで玄関に突進していった。

「バイバイっ！」

弘の後ろで、バーン！　と激しくドアが閉じた。

「あーあ……」

もう二度とあの店で女の子はひっかかんねえだろうなあ……。弘はやるせないような溜息をついて、煙草《たばこ》に火をつけた。口のなかがカラカラに渇いていて、しけったような苦味が舌を刺した。

「……」

なんとなく、半開きのカーテンの間から窓の外をひょっと覗くと、今田は、まだベランダに突っ立っていた。

そろそろ一時……今夜は北風が刺すように冷たいっていうのに。

（あのバカ……風邪ひいても知らねえぞ）

……そういえば、ずっと以前にもこんな心配をしたことがあったっけ。

あれは……たしか、去年の秋。

やっぱり深夜で、雨が降っていて。マンションの門扉《もんぴ》に、傘も差さずにずぶ濡《ぬ》れで突っ立っていたあいつ——傘を差しかけると、迷い犬のような目でおれを見た。

あとでわかったことだけれど、あのとき彼は、教員採用試験を受けに戻っていた岡山から、四十二度の高熱を押してとんぼ返りしてきたのだった。弘に、約束の薔薇の花を届けるために。ただそのためだけに。

今田は、その夜のことは高熱のために見た夢だと思い込んでいて、自分が約束通り薔薇を届けたことも、岡山からどうやって戻ってきたかも覚えていないらしい。

そして、あのときの——弘とのキスの約束も。

キスをさせてくれたら弘のことを諦めると、あのとき、今田は約束したのだった。いや、諦めることはできないけれど、遠くでそっと弘を想って生きると。

……どうして、そんなにも激しくだれかを想うことができるんだろう。なりふりかまわず追いかけて、嫌われてもまだ追いかけて。

(本当は、ぼくのことをどう思って)

(すこしでも好きになってくださいましたか?)

(おまえのことなんか好きになるわけないだろ)

……傷ついた顔をしていた。捨てられた犬みたいにがっかりしておれを見た。

(希望はあると……たとえ七十億分の一でも、あなたがぼくを愛するようになる可能性はあると、信じていてもいいでしょうか……?)

もし、可能性はあると云ったら、きっといつまでも待つのだろう、あいつは。死ぬまで待って……死んでも、待っているかもしれない。弘のたった一言を。云うわけないのに。それでも、捨て犬みたいに、きっと待っているんだろう。

「……」

おれは、本当のところ、どう思っているんだろう。今田のこと。

……嫌いじゃない。でも好きでもない。どうでもいいと云い切るには身近にいすぎる。以前ほどはうっとうしいとも邪魔だとも思わないのは、たんなる慣れのせいだろうか。でも、キスされて気持ち悪いと思わなかったのは?

あれは慣れってわけにはいかない。それに、あいつのことを考えると、ときどき溜息が切ないのは……どういうわけなんだろう……。

気がつくと、今田の姿はいつの間にかバルコニーから消えていた。弘はカーテンを閉じ、短くなった煙草を消してソファに横になった。

（ようようそう、深く考えるのは。バカバカしい……だいたい、あいつがおれを諦めて岡山に帰るんだったら、万々歳《ばんばんざい》だってんだ）

けれども、妙な胸騒ぎはまだ収まらない。払っても払ってもほどけない、細い蜘蛛《くも》の糸がからみついてるみたいに。

ACT 3

ぴろぴろぴろ……という、妙にかろやかなベルの音で目が覚めた。

枕もとの目覚まし時計の頭をいつもの調子でバーンっとひっぱたいたが、音はやまない。布団から頭を出してよくよく聞くと、ぴろぴろは電話の音だった。

「もしもーし……？」

『おー、相原。悪いな、寝てたか？』

声は間島だった。

寝ぼけ眼《まなこ》で時計を見ると、まだ十時五分前。セットした目覚ましが鳴るまで、あと三時間もある。

「なんスかぁ……？　おれ、今日、遅番のはずですけど……」

『それがさ、悪いんだけど、ちょっと早めに出てきて、西店《にし》のほう、応援に入ってほしいんだよ。急に人手が足りなくなっちまってさ……。おれもミカちゃんも、今日は本店のほうが忙しくてあっちまで手が回んねえんだわ』

「西店……ですか？」

電話の前に貼ってあるシフト表に、まだしょぼしょぼする目を近づける。

〝AV RAN〟西店には、いまのところ決まった店長がいない。営業その他は間島と秋山が交代でみることになっていて、弘は西店の業務にはほとんど関わっていないが、〝RAN〟のようなちいさな会社では、アルバイトが足りない場合、正社員が穴埋めに入ることがたびたびある。

「えーと……今日のシフトだと、午前中はバイト二人と今田が回す予定ですよね」

『そう、その今田が欠勤なんだわ』

「今田がですか？　なんで」

『さー……なんだか、急に実家に帰ることになったとか聞いたけど』

「……実家？」

思わぬ言葉に、弘は眉をひそめた。

「実家って——岡山へ？　今田がそう云ったんですか？　岡山に帰るって？」

『じゃないのか？　おれが電話受けたわけじゃないから、よくわかんないけどさ』

「………」

『ってなわけなんで、悪いんだけどこれからすぐ西店に応援に行ってほしいんだよ。二時か三時にはほかのバイトに都合つけて入ってもらうようにするからさ』

……今田が、帰る？　岡山に？

そんなバカな——なにかの間違いに決まってる、あいつが……帰るなんて。

まさか——そんなこと——。

『おい——もしもし？　相原？　聞いてるか？』

「あ——あ、はい」

そのとき突然、玄関のドアをだれかがダダダダダダダン！　と蹴破るような勢いで叩く音が聞こえた。

「あ、すいません、だれか来たみたいで……」

『んじゃ、今日は早番で西店出勤な。たのむわ』

わかりました、と混乱した頭で答え、電話を切った。

まだ玄関を叩く音はつづいている。弘は通話の切れたコードレスフォンを持ったまま、のろのろと玄関に立った。

覗き窓に映ったのは、意外な人物の顔だった。

「相原さんっ……相原さんっ！　ちょっと！　開けてよっ！」

「ミ……ミカちゃん？」

「相原さんっ！　今田くんのこと聞いたっ⁉」

ドアを開けたと同時に、秋山ミカは弘に飛びついて、パジャマの襟首をぐいぐいと締め上げた。

「あ……ああ」

「ああ？　ああ、ってねえ、ちょっと——そんな悠長に構えてる場合じゃないでしょ！　今田くんが連れ戻されちゃうんですよっ？」

「つ、連れ戻されちゃうって……そんな大げさな。ちょっと帰るだけってことだって……」

「さっき事務所にきた電話、あたしが取ったんです。……十一時ジャストの新幹線で岡山に帰る、荷物もぜんぶ実家に送り返したって。それから……相原さんに」

「……」

「相原さんには、くれぐれも……よろしく、って」

「……」

「いま見たら、今田くんのマンションの前、引っ越しセンターのトラック停まってたんですよっ？」

弘は飛びつくようにリビングルームの窓に走り寄った。

向かいのマンションの前に、引っ越しセンターの名前を横腹に書いた大きなトラックが一台停まっていた。呆然と見ているうちに、引っ越し業者だろう、灰色の服を着た男が二人でテーブルを抱えてマンションの玄関から出てきた。

「……まさか……」

口のなかに苦いものが広がった。頭のなかでなにかがぐるぐると回って、動けなくなった。

「嘘だ、そんな……あいつが……？」

「まさか追っかけないつもりじゃないでしょうね!! そんな薄情な人だったんですか、相原さんて!」

「……」

秋山ミカは激しい口調で弘を責め立てた。

「知らないですよ一生後悔したって! 二度と会えないかもしれないんですよ。それでもいいの!?」

「……車……」

「えっ?」

「車……貸してくれ!」

平日の昼前で、わりに車の流れはスムーズだった。弘は十五分きっかりで東京駅八重洲《やえす》口に着いた。

八重洲口は観光客でごった返していた。

もどかしい気持ちで入場券を買い、改札を抜けた。

十一時まであと十五分しかない——運が悪ければ、今田たちはもう列車に乗ってしまっているかもしれない。

祈るような気持ちで走った。

わけもわからない憤《いきどお》りと、苛立《いらだ》ちと、焦《あせ》りとに、頭のなかも胸のなかもぐちゃぐちゃで、考えがまとまらない。ただ雑踏《ざっとう》のなかに今田の姿を探すだけで精一杯だった。

改札口付近にはもう姿は見えなかった。十一時ジャスト発のひかりは十九番ホーム。一番奥の階段を脇目《わきめ》もふらず駆け上がった。

(チクショウ——どこだ、あの野郎)

ごった返すプラットホーム。観光客の群れ。ビジネスマンたち。

どこにいる？　どこかにいるはずだ。あいつ。どこにいるんだよチクショウ！

雑踏のなかに、すらりとした、見覚えのあるシルエットを見つけたときには、本当に息が止まった。

甘茶色の髪。紺色のテーラード、細身のジーンズ。嫌というほど見覚えのある端正な横顔——

「いっ……——今田ーッ！」

思わず声を張り上げた。周りにいた観光客のグループが、弘の声にびっくりしたように振り返ったが、かまわなかった。

「今田ッ！　待てよっ！　待てって云ってんだろこのッ、バカイマッ！」

「弘さん……!?」

今田は、グリーン車の乗降口に乗り込むほんの数歩手前で、弘に気づいて立ち止まった。走り寄る弘を、心底驚いたような顔で見つめている。彼がヴィトンのボストンバッグを提げているのをみて、弘はますますカーッとなった。

本当に——帰るつもりなんだ、おれになにも云わずに。一言の断わりもなく。さよならもなく！

「弘さん？　ど、どうしたんですか、こんなところに……」

「どうして……!?」

弘はカッとなって今田のシャツの襟をグイとつかみ上げた。

「なにがどうしてだ……ざっけんなこのタコッ！」

「どっ……どうしたんですか弘さん、こんな公共の場で大声を出しては、人目が……」

「うるさい！　なにが人目だっ、都合のいいときだけ！　おまえがいっぺんだって人の迷惑考えたことがあるかよ!?」

わめきながら、シャツの襟首を力任せにぐいぐい締め上げた。

「ひ……ひろしさ……くるしっ……」

「自分だけ云いたいこと云って、勝手に人の心んなかかき回すだけかき回しといてっ」

「ひ、弘さん、手を」

「おれの云うことなんかいっぺんも聞かないで――それでハイさよならだ!? ふざけんなっ! おれだっておまえのこと――おまえのこと、好き、なんだよっ、好きなんだよっ!」

「……え」

ドサッ、と、今田の手から荷物が落ちた。

今田は目を大きく見開いて口をぽかんと開けたままで、凍りついた。まるで彼の周りだけ、時間が止まったかのようだった。

「行くなよっ……!」

かまわず、激情に任せて弘は怒鳴った。怒りと興奮に舌はもつれ、掠《かす》れた声が出ただけだったけれど、それでも、喉《のど》も裂けよとばかりに怒鳴った。

男同士なんて変態だとか、反社会的だとか、みっともないとか、そんなこともう、どうでもよかった。今田を失うよりはずっとマシだった。こんな、疫病神《やくびょうがみ》でうるさくて、恥知らずでバカでも、いなくなるよりは、ずっとずっとマシだった。

「ずっと……おれのそばにいるって、ずっとおれのことが好きだって云ったの、あれ、嘘かよ。あれぜんぶ嘘だったのかよ。運命だって……ぜったい諦めないって云ったの嘘だったのかよ!?」

「――――」

「行くなよっ……行くなったら行くな! おまえはおれのそばにいなきゃだめなんだよ。だれがなんと云おうと、だめだったらだめなんだよっ。わかったかっ」

「……あ……」

今田は、油の切れた機械のように、ギリギリとぎこちなく首を振った。大きく見開かれた彼の瞳いっぱいに、怒りと焦りとで情けない顔の自分が映っているのに気づいて、弘はハッと我に返った。

「あ、あ……弘さん……もう一度……もう一度、聞かせてください、ぼくを、好き、だと……もしこれが、白日夢《はくじつむ》でないなら、どうかもう一度……」

「……にっ……二度も云えるか、バカっ……」

「弘さん……っ！」

やにわに、今田が弘を、骨も折れよと強く抱きしめた。やっと我を取り戻しつつあった弘は、苦しさよりも周囲の視線の恥ずかしさに身を捩ったが、今田の腕はびくともしない。真っ昼間のホームで抱き合う二人を、人々は好奇の目でじろじろと見て通りすぎる。

「いっ……今田、は、はなせよ、人が……」

「なにをいまさら、人の目など！　ああ……ぼくは、ぼくは感激で……夢じゃ……夢じゃないですね？　夢じゃないんですね？……ああ……弘さん……！」

今田の腕が震えていることに、そのとき弘はやっと気づいた。

震えてる——今田の声も、弘の肩に押し当てた額も、震えている。

「……今田……」

「あなたが……あなたが行くなと云うなら、ぼくはどこへも行きません。ずっと……ずっとずっとあなたのおそばにいます。ぼくの体も魂も、なにもかもあなたのもの……あなたのおそば以外で、どうしてぼくが生きていけましょう。でも……今日は。今日だけは許してください——どうしても、倒れた母を見舞いに戻らなければならないのです。天にも舞い上がるせっかくのあなたのお言葉を無下にしてしまうのは、ぼくとしても断腸の思い——だが、わかってください、弘さん……！」

「……え？　倒れた母……って……？」

「浩志郎さん……！」

列車のなかから、女の悲鳴のような声がした。確かめるまでもない、今田の姉、美津子の声だった。

しかし、今田は、弘を抱きしめた腕を緩《ゆる》めもせずに、ゆっくりと彼女を振り返った。

「姉さん——」

「……なんてことなの……。やっぱり……あなたたちは、そうだったのですね……」

朽ち葉色の着物に蘭《らん》をあしらった緑色の帯。蒼白の額。じっと見開かれた黒い瞳が、潤《うる》んでいるように見える。

「姉さん、——ぼくは、……」

「いいえ！　もう……もう、なにも云わないでちょうだい、浩志郎さん」

彼女は、毅然《きぜん》とした足取りで列車から降りた。そして、今田が取り落としたボストンバッグを拾い上げると、優雅な所作で、弟にすいと差し出した。

「さ……これを持って、相原さんと一緒にお帰りなさい」

「姉さん——しかし」

「心配しないで。お母さまが急に倒れたというのは、あなたを岡山に連れ戻すために考えた嘘だったの。連れ戻して、二度とは岡山から出さないつもりでしたけれど……そんなことであなたたちを引き裂けると思ったわたくしの考えが浅はかだったようね……」

美津子は、ふ…と、薄い溜息をついた。

「そんな姿を見て、二人を引き裂ける人間がこの世にいるはずがないわ……。そんなにも愛し合っているのなら、わたくしはもう、なにも云いません。あなたの好きなようになさい」

そう云うと彼女は相原に向き直り、

「相原さん……不肖の弟ですが、どうか浩志郎をよろしくお願いいたします。……浩志郎。あなたも男なら、己の決めた道を、最後まで貫き通すのですよ。いいですね」

発車のベルが鳴りはじめた。彼女はゆっくりと新幹線のなかに戻った。

「姉さん——手紙を書きます。電話も。どうかお元気で……！」

「幸せにね……浩ちゃん」

ベルが鳴りやむ。

ゆっくりと扉が閉まった。美津子は、ガラス越しに二人に会釈《えしゃく》し、涙に潤んだ瞳を、着物の袖《そで》でそっと隠した。

新幹線は、ゆっくりゆっくり、ホームを滑り出ていく。

「弘さん……あの」

「……」

「ひ……弘さんっ？」

体中の力が抜けたみたいだった。走り去る新幹線を見送りながら、弘はへなへなとコンクリートの上に座り込んでしまった。

「どうしましたっ⁉ 貧血ですか、風邪ですか、腹痛ですか、ああ弘さんっ、しっかりしてください！ すぐ救急車を呼んで参りますからねっ。ああ、なんてことだ、これから二人の新しい生活がはじまるっていうときに、大切なあなたになにかあったら、ぼくは、ぼくはどうしたらいいんだあっ！」

「……き……」

「き‼ きとは‼ どうしました、きがどうかしたんですかっ⁉」

「き……気が抜けた……っ」

気と一緒に腰まで抜けた弘は、なかば今田に抱えられるようにしてマンションに帰り着いた。

寝不足がたたってのただの貧血だったらしく、車に乗っているうちに気分も顔色も平素に戻ったが、今田は医者を呼ぶと云って聞かず、言い含めるのに苦労した。

「本当にだいじょうぶですか？　せめてお薬を……」

「平気だって。ほんとに気が抜けただけだよ」

「すこしお休みになったほうが……」

眠ってください、と半開きになっていたカーテンを閉めに立ち上がった今田は、窓の外を見たまま、動かなくなってしまった。

「……どうかしたか？」

「あ……いえ。ただ、感激で」

「するほどいい眺めじゃないだろ」

「いえ……そうではなく」

今田は、向かいのマンションの窓を指した。

真正面のバルコニー。今田が、弘の部屋が見えるからという理由で越してきた部屋。

「いつも……あそこから、この部屋の灯りを見つめていました。あなたが住んでいるのは、どんな色の壁だろう、どんな色のカーペットで、どんな形のテーブルがあって……どんなベッドに寝ているのだろう……と。いつもいつも、考えていた。寝ても覚めてもあなたのことばかり考えていました。……感激で……夢のようです。いま、ここに自分がいるなんて……」

「なにしおらしいこと云ってんだよ。調子狂うな」

照れ臭さのあまり不機嫌を装ったが、今田は、そんな弘の声をどう取ったのか、くす、とちいさく笑った。

「しかし、あなたがあんな激情家だったとは知りませんでしたよ、スウィート・ハニィ。意外な魅力の発見という意味では、姉に感謝しなければ」

「よせよ。自分でも……」

自分でも、信じられない。勢いってものは本当に怖いと思う。――まさか、自分があんなことをするなんて、とうてい信じられないような心地だ。

けれど、今田を追っていったのは、まぎれもない事実で。今田を離したくないと、離れていくなと、好きだと、思ったのも、事実で。

今田は冷たい指先で、そっと弘の頬《ほお》を撫《な》でる。以前ならそれだけで殴っていたかもしれない。いまは……その感触が心地よくて、自分でも不思議なくらいだった。

いったい、いつからこんな気持ちになっていたのか。うるさい、あっち行け、ふざけるな、なんて、怒鳴っていたのはたんなるポーズで、つまりは、そういうものだとすっかり慣れてしまって、考えたこともなかった。

いつまでたっても今田のことを芯から嫌いになれなかった理由を。こういうことだとは思いもしないで。

「……振り返って、……あなたが、ぼくを追いかけてきたのを、この目で見たとき」

潤む瞳で彼は云った。

「うれしくて、息が止まるかと思いました。あなたを想う心が見せた幻かと思った——まさかあなたが、ぼくを追いかけてきてくださるなんて」

「……」

「うれしかった……本当に。あんまりうれしくて、なんだか夢のなかにいるようです」

「あんまりしおらしいことばっか云うなよ、気持ち悪いな……。熱でもあるんじゃないか、おまえ？」

「いやだな。ぼくはもともとしおらしい男なんですよ」

「どこが」

「だって……ぼくは、あなたに嫌われるのが、神様に嫌われることより怖いんです」

「……」

云ってろバカ、と照れ隠し、呟《つぶや》いた唇に、ゆっくりと今田の唇が重なった。

ふれた感触が意外にやわらかいのに弘はまず驚いて、それからゆっくり、目を閉じた。

やがて唇が離れると、今田は弘の肩を抱いたまま、じっとうなだれている。なにかに耐えるようにその肩が小刻みに震えていた。

「……今田？」

「……だ……」

「は？」

「だめだ……っ」

今田は血を吐くように低く呻《うめ》くと、弘の上にいきなりガバッと覆い被《かぶ》さってきた。

「だめです、や、やっぱり我慢できないっ！　あぁぁっ……弘さんっ！　好きだ、好きだ、好きだああっ！」

「うわわっ、ちょっと待ったーっ！」

「だめです、もう待てないっっ」

「待てっつってんだろうが！　嫌われたくないんだったら人の云うことを聞けっ。やることと云うことのちがうやつだなっ」

「だって弘さん！　心が通い合ったら次は肉体をつなげたいと思うのが人というものじゃありませんか」

「そ、そうだけどさ……今日いきなりってのは、心の準備ができてないっつーか」

「ぼくは心身ともにバッチＯＫ。いつでもどこでも臨戦態勢ですよ！」

「いや、だ、だけど……」

「なにをいまさらためらうことがありましょう。かのロミオとジュリエットは結ばれてから死ぬまで、たったの一週間だったのですよ。ぼくらは知り合ってから一年と十ヵ月……じゅうぶんすぎるほど時間をかけたとは思いませんか」

「それはそうなんだけど……」

「ならばもう、言葉は無用」

囁きも切なく桃源郷、見とれるほどきれいな顔が、うっとりと弘に近づいてくる。

「さあ……ぼくのジュリエット。いまはその愛らしい唇はじっと閉じて……」

「わわっ！　や、やっぱ、よそうぜっ、その……男同士でそういうことしてもさ、あんまり、その……わわわっ」

「好きです、弘さん……」

「いや、あの、今……」

「じっとして」

囁きが、耳たぶにひりりと響く。

「おとなしくしていてくださらないと、無用に傷つけることになってしまうかもしれません」

真剣な低い声に、心臓が、ドキッと高鳴った。息が詰まる……頬がカッと熱くなる。

「い、今田、って……」

「そんな無粋な呼び方やめて……どうぞ、浩志郎、と、呼んでください。その花のような唇で、どうか……」

熱い吐息が、ふたたび唇を覆う。のけぞるほど熱烈なキスに、弘の腰も理性も、粉々に砕けそうだった。

くちづけは唇を離れ、吐息のようにそっと首筋を這い、肩を噛《か》む。後ろから覆い被さった今田の腕は意外に頑強で、腰抜けになった弘には、なかなかほどくことができない。

「ち、ちょっと、待っ……」

弘はなんとか今田の腕を引き剝《は》がそうともがいた。シャツはとうにずり落ちて、肩があらわになってしまっている。鼓動が速い。こめかみがどくんどくん脈打っている。

同じ男同士の体。今田がどんなに自分を欲しがっているかは、痛いほどわかっている。弘だって、いまさら、あんな告白をしてしまったあとで、体裁を取り繕《つくろ》うつもりもなかったし、好きっていうことはこういうことだと、わからないほどウブでもない。

しかし、頭ではわかっていても、体の覚悟とは別問題だ。だって、組み伏せたことはあっても、羽交《はが》い締めにされて後ろから胸をまさぐられたことなんか、生まれてこの方二十六年、一度だってなかったのだ。

「わっ……」

胸をまさぐっていた指が、だんだん下がってきて、太股《ふともも》を撫でた。弘は思わず今田の腕に爪を立てた。

「やっ……やだっつってんだろがっっ」

今田の手が、ぴたっ、と止まった。弘はほっと溜息をついた。あれくらいで、みっともなく息が弾んでいる。

(な……んでこいつ、こんな上手いんだよ……っ)

男同士ってこういうものなんだろうか、と弘はいささか不安になった。この程度で腰が抜けるなんて……最後までいったら、どうなるんだ？

「……嫌……ですか。そんなに……」

「……え？」

「……わかりました」

一息入れたらまた押せ押せで迫ってくるに違いない、と思っていた弘は、肩透かしを食ったような気がして、びっくりして振り返った。

今田は俯《うつむ》いていた。長い前髪が顔を隠して、表情は見えない。

「今田……」

「いいんです。……あなたが嫌というのなら……ぼくは……」

耳に押し当てられた声が、切なく掠れている。弘の太股に置いた手を、耐えるように、震えるほど強くグッと握り込んでいる。

どれほどの自制心でもって、欲望をこらえているか、痛いほどわかって、弘はなんだか、彼が愛しくなった。自制なんて、一番苦手なくせに。それでも今田は、我慢しようとしてる……そう思うと、この年下の男が、胸を突かれるほど愛しかった。

「……ここまでやっといて我慢させる気かよ」

弘はためらいがちに、云った。

「……弘さん……？」

「だからっ。……最後まで責任取れって云ってんだよ」

「あ……！　い……いいんですか、弘さんっ？」

立てなくしといていまさらいいんですかもクソもあるかよ、と思いつつ、黙ってうなずいた。

すると今田は、ぎゅっと弘の体を抱きしめ、肩口にキスの雨を降らせた。乾きはじめていた肌が、それでまた、熱さを取り戻す。

指先が、ためらいがちにジーンズのなかに滑り込む。灼熱《しゃくねつ》の感触。どんな顔をしたらいいのかわからない。

「そ、こ……っ」

「ここが……?」

「ばっ……ちょっ、はなせ……よ……っ」

「やっぱり嫌ですか……?」

「い、いや、って……」

返事に困って、弘は曖昧《あいまい》に首を振った。だってまさか、いい、なんて、まさか云えない。

「……ああっ……」

今田の指は意地悪く、さらに弘の弱い部分を探ろうとする。ほとんど羽交い締めにされたまま、腕のなか、弘は悶《もだ》えた。

こんなのかっこ悪いとか、恥ずかしいとか、そんなこと考えている余裕もないほど今田の手腕は巧みだった。弘は息たえだえになりながら、今田の肩に爪を立てて眩暈に耐えた。

熱いものが、うねりながら体の芯から這い上がってくる。思わず声が漏《も》れそうになって、慌てて声と一緒に指先を噛むと、だめですよ、と今田はやさしく諭《さと》して、その手を奪った。

「声を聞かせて、スウィート……。もっと……感じてください。もっともっと、本当のあなたが知りたい。あなたのすべてを見せてください」

「は、……っ……」

「弘さん……ああ……弘さん……好きだ、あなたが。好きだ……」

乳首をまさぐられ、あ、とのけぞった。こんなところで感じるなんて。

足の指の先まで、ねっとりとした快感が流れ込む。

だれかの愛撫でこんなにも燃えたのは、はじめてのことで、それが恥ずかしくもあり、もっとこのまま恥知らずに快感を貪《むさぼ》りたくもあった。

今田は、そんな心を見透かすように、巧みに弘の性感を操る。じりじりと這い上がってくる甘い痺《しび》れに、弘は耐えきれずに腰をせりだして喘《あえ》いだ。首筋に今田の吐息が熱い。どこもかしこも熱くて……たまらない……。

「……まだ……嫌ですか？」

「………」

「……弘さん？」

「……じゃ……い」

「え？」

「いやじゃ……ない、っってんだろが……っ」

「あ……弘さん……っ！」

唇が、きつく吸い取られる。応えて舌を絡めた。

まさぐる指も、喘ぎも、ますます激しくなって、あとはただもう、欲望の嵐。

ACT 4

「星！」

「はい」

「綿っ！」

「はいはい」

「電球！　ちがう、そっちのちいさいほうっ」

「はいはいこれですね」

今田が段ボールからあれこれ探って差し出すオーナメントを、弘は脚立《きゃたつ》の上段に座ったまま、黙々とツリーに飾りつけていく。

三メートルもある、巨大なクリスマスツリー。セッティングから飾りつけまで二人がかりで二時間半もかかった。

「うーん。なかなか見事に仕上がりましたね。まるでロックフェラーセンターのクリスマスツリーのようだ」

器用に綿をちぎって雪を作りながら、今田は無邪気に喜んでいる。

……あのあと。

ここ三日の精神的疲労と寝不足の上に、昼間から及んだことの疲労もたたって、二人して眠りこけてしまい、目が覚めたのは、とっぷりと夜も更《ふ》けた十一時。

大慌てで店に飛んできたが、店は閉店間際の貸出ラッシュも引いたところで、弘を迎えたのは、就業時間外に弘の代理で店をみていた間島の、冷たーい視線と、ツリーの飾りつけという大仕事だった。

「ずーいぶんごゆっくりな出勤ですなあ。重役出勤とはおまえも偉くなったじゃねえかよ、相原クン」

「す、すいません、間島さん。あとはおれが」

「あーったりまえだろが。それと、社長から、今日中にクリスマスツリーの飾りつけするようにってお達しがあったからな。今夜中にセッティングやっとけよ」

しかし、はじめての……のあとで弘が満足に立ち働けるはずもなく、けっきょく弘は脚立に座って指示をしただけ。今田が一人でCDラックを移動し、ツリーのセッティングをしたのだった。

「ったく！　それもこれもてめーのせいなんだからなっっ。ちっとは反省してんのか⁉」

「そうは云いますが、弘さんだって楽しんでいたではありませんか。最後にはぼくの腰にカモシカのような脚を絡めて、もっともっとと局部を突き出して——」

「うるさいっ！　黙って働けっっ」

「おーう、いけない人だ、ディア・スウィート……思い出してしまいましたよ。あなたの腰つきはすてきだった……特に口での愛撫は天下一品」

「てめえなあっ……綿ゴミ、口んなか突っ込まれたいか」

「ぼくはあなたにキスしたい」

「一生云ってろ」

「ははは。電球の灯りをつけてみましょうか」

コンセントをつなぐと、ツリーに巻いた赤やオレンジや青のちいさな電球がちかちかと瞬《またた》きはじめた。脚立の上からぼんやりと見つめていると、今田は店内の灯りを全部落として戻ってきた。

ちかちかと瞬く電球の光に、枝にぶら下げたモールやちいさな星が反射して、きらきらと輝いている。灯りは二人の顔にもオレンジ色に映った。

「きれいですねえ……」

「ロックフェラーにはちょっと落ちるけどな」

「そうですか？　ぼくにはロックフェラーのツリーより、弘さんの飾ったツリーのほうがずっと美しく見えますよ」

「……おまえの口ってなんか憑《つ》いてんじゃない？」

あきれ半分で思わず苦笑。

「いずれ……見に行きましょうね。二人で。あのロックフェラーの美しいツリー、あなたと一緒に見上げたらどんなにすてきでしょうか」

「おまえ見たことあるの、ロックフェラーのツリー」

「ええ、子供のころに。家族でニューヨークへ行きましてね」

「……なあ。そういえば、ミカちゃんから聞いたんだけど、おまえんちって有名な資産家なんだって？　親父さんてなにやってんだ？」

「ただ古いだけの家ですよ。べつに資産家というわけでもないですが……父は貿易会社とホテルを二つ経営しています。母は、私立の女学院を経営してまして、姉はそこの常任理事を」

「……そんなボンボンがなんで国立大の教育なんか取ったんだよ」

「理由はいろいろありますが……結果的には、弘さん、あなたに出逢うための運命の女神のお導きだったのだと、ぼくはいまでは思ってるんです」

ツリーの枝に雪を足しながら、今田はうっとりと言葉を継いだ。

「ぼくは、この世で一番幸運な男です。すばらしい運命の人に出逢い、愛し、そして愛された……。それだけでもこの世に生まれてきた意味がわかったというもの」

「やっぱりおまえ、口になんか憑いてるよ」

あきれたのと照れ隠しとに、思わず眉間《みけん》を皺寄《しわよ》せた。

「あとてっぺんに星つけて終わりだな。さっさとすませて帰ろうぜ」

「またまた、ごまかすのがお上手だ。照れ屋さんですね、マイ・チーズケーキ」

「よせ、腹が減る」

「んんん、そんなムードのない……」

「うっせえな。さっさとよこせっ」

今田から大きな金色の星をひったくる。

脚立の一番高いところに立たないと、ツリーのてっぺんには届きそうになかった。しかたなく腰の痛みをこらえて立ち上がろうとすると、下から今田が腕をぐいと引っぱった。なんだよ、と文句を云おうとした弘の唇を、今田が、くちづけで、そっとふさいだ。ついばむようにかるくふれた唇は、笑っているようだった。

「……うーん。ツリーの前でのキス……美男と美男で、まるで絵のようですねっ」

「……ったく、おまえなあ」

「さささ、遠慮なさらずもう一度。ん・むーっっ」

くちづけがふたたび唇をふさいで、弘の文句は今田のなかに溶けていく。なにもかも、心まで溶かすかのようなキスに、まあいいか、と弘は諦めの吐息をついた。やれやれ、なんでこんなやつ嫌いになれないんだろうと、自分の趣味の悪さにいささかうんざりしつつ。

「好きです、あなたが」

そんな思いを知ってか知らずか、今田の囁きは甘くつづいた。

「何度でも誓います、ダーリン……ぼくは命ある限り、この愛を、魂を、あなた一人に捧げると……」

「愛しています。弘さん……」

「ややあみなさん！　おはようございますっ！　本日も冬晴れのいいお天気ですね、はりきって労働に励もうではありませんか！」

〝ＡＶ　ＲＡＮ〟本店三階のミーティングルーム。冬の朝の、まだ暖まりきらぬ室《へや》の空気に、今田の声がびんびんと響いた。

室では秋山ミカが、ミーティングに使う書類を一人で長机に配っていた。

「おはよーう。寒いのに朝から元気ねえ、今田くん。なんかいいことでもあったの？」

「よくぞ聞いてくださいました秋山さん！　昨日ぼくは、この二十と三年の人生のうちで、最も至福のときを過ごしたのです。ああ……その蜜の時間……！　あまりに幸福で、目覚めとともに、隣に眠る情人も愛の記憶も、夢のようにはかなく消えてしまうのではないかと、今朝はなかなか目を開けることができなかったくらいです」

「え……ま、まさか、とうとう？」

「ええ！　ぼくはやりましたよ秋山さんっ。とうとう、愛する弘さんとの積年の思い、夜明けのコーヒーを飲むことに、やっとやっと成功したんです！」

「なにベラベラ喋《しゃべ》ってんだおまえは！」

弘は分厚いファイルで今田の後ろから頭をバシーン！　とひっぱたいた。

「ったく。くだらないこと云ってないでさっさとミーティングの準備しろっ」

「ははは、照れ屋さんですねえ、ぼくのダーリンは」

「あー、怖い怖い。あ、今田くん、この書類配るの手伝ってくれる？」

「ＯＫＯＫ。お任せください。今日のぼくは最っ高に機嫌が良いですからね、なんでも云いつけてくださって結構ですよ！」

弘は分厚い発注書の束に目を通しながら煙草に火をつけた。今田と秋山ミカは、まだなにかこそこそと喋りつづけながら机に書類を配っている。

上機嫌で働いている今田を見ているうち、ふと、疑問が湧《わ》き上がった。

「なあ。そういえば今田……昨夜はバタバタしてて聞き忘れてたけど……おまえ、引っ越しの荷物とかどうするんだ？　荷物もそうだけど、住むとことか、ちゃんと考えてんのか？」

「……は？　引っ越し？　なんのことですか？」

今田はきょとんとして弘を見つめ返した。

「なんのことって……だから……おまえ、岡山に帰るんで、マンションの荷物、実家に送り返したんだろ？」

「いやだな弘さん、なにをおっしゃいます。ぼくは帰るつもりなどないと云ったじゃありませんか。岡山に帰るつもりになったのは、姉も云っていたとおり、母の見舞いのためですよ。もっとも、母が寝込んだというのも、ぼくを連れ戻すための嘘だということでしたが」

「……え？　だって……」

「この今田浩志郎を見くびってもらっては困りますね。ぼくが、たかが家の反対ごときで、あなたを諦めるはずがないじゃありませんか。だってこの恋は運命の恋。だれもぼくらを引き剝がすことはできませんよ」

「だって……おまえのマンションの前に引っ越しのトラックが来てたじゃないかよ」

「引っ越しトラック？　はて、覚えがありませんね。……そういえば、一昨夜《おととい》、隣の部屋の方が、急に越すことになったとかで挨拶《あいさつ》に来ましたが……」

「だけど、昨日たしかミカちゃんが……おまえが、荷物ぜんぶ実家に送り返したって——」

「姉の荷物のことなら、実家にぜんぶ送り返したと、秋山さんに云った覚えはありますが……。ですが、昨日の朝、電話で、母の見舞いのために一日だけ実家に帰るとちゃんと説明しましたよ。しばしお顔を拝見できないのは寂しいですが、相原さんにくれぐれもよろしく……と。云ったはずですよね、秋山さん？」

二人同時に振り返る。と、秋山ミカが、気まずそうに作り笑いを浮かべてミーティングルームからそーっと出ていこうとしていた。

「あの一……あたし、事務所でお茶淹《い》れてきますね」

「……ミカちゃん」

「あ、今田くんもお茶飲む？　相原さんはコーヒーでいいですか？」

「ミカちゃん。お茶はあとでいいから。……ちょっとここに座って、説明してもらおうか」

「や、やだな、そんな怖い顔しなくたって」

「ミーカーちゃーん」

「そんなあ。べ、べつに悪気があったわけじゃないんですよ。ただちょっと、今田くんのお姉さんから頼まれて……」

「姉に頼まれた？　どういうことですか、秋山さん」

「それは、だから……その……」

彼女はしばらく口ごもっていたが、弘のにらみに気圧《けお》されたのか、やがて、観念したように喋りはじめた。

「つまりですね、実は、あの前の晩……」


〝AV　RAN〟の閉店後、秋山ミカが一人事務所に残って日報を書いていると、閉めた店の自動ドアを叩く女がいた。

忘れ物をしたアルバイトが戻ってきたのかと思って顔を出すと、ガラス越しに、今田の姉が立っている。

「灯りがついておりましたもので、もしや……と思いまして……」

「今田くんならもう帰りましたけど？」

「いえ、今日は……実は、折り入ってお願いがございまして……」

とにかく事務所に通して話を聞くと、彼女は、なんと、自分の弟と相原弘との本当の関係を知りたいと切り出した。

「もしも、相原さんが、弟のことを本当に迷惑だとしか思っていないのであれば……あの子の将来のためにも、岡山に連れ帰って、監禁してでも諦めさせるつもりでおります。でも……もしも、万が一、そうでなく、本当は相原さんも浩志郎のことを思ってくださっているのであれば……あれでもたった一人のかわいい弟。涙をのんで、あの子の願いを成就《じょうじゅ》させてやりたいと……そう思うんでございます」

「はあ……そりゃ、あたしも、あの二人が本当はどうなのか知りたいとは思ってましたけど……」

「このようなこと、あなたに頼めるような筋ではないと、重々承知の上ではございますが……ほかにお願いできる人もおりません。秋山さん。お願いです。どうか……あなたのお力で、相原さんの真意を確かめてくださいませんでしょうか。

浩志郎のため……延《ひ》いては今田家のため。なにとぞ……」

「そこまで頭下げられたら、断われないじゃないですか。……っていうわけで……相原さんがほんとに今田くんのこと好きなら、もし今田くんが岡山に帰るって知ったら、なにをおいても追いかけるんじゃないかなー……と」

「じゃあ……あの引っ越し業者仕組んだのも、今田から別れの電話があったっていうのも……」

「あ、あのトラックがいたのは偶然。そこまで仕組んでないですって。それに、今田くんから、相原さんによろしくって電話があったのは事実だし……」

「なにが事実だよ！　だっ……だましたなぁっ!?」

「あら、だましたなんて人聞きの悪い。もう会えなくなっちゃうかもしれない、とは云ったけど、今田くんが二度と戻ってこないとも、今田くんの荷物を実家に送ったとも、一言だって云ってませんよ。トラック見て勝手に誤解したのは相原さんでしょ」

「かっ……勝手って……お……お、まえ、なあ……っっ」

「そんな怖い顔しないでくださいよお。あたしが後押ししたから、相原さんもやっと自分に素直になれて、今田くんと無事にハッピーエンド！　になったんじゃないですか」

「そういう問題か！」

「ほかになにか問題あります？」

「あ、の、なあっ……！」

「……ふむう……なるほど……」

それまで、黙って話を聞いていた今田が、重々しく口を開いた。

「ということは、つまり……秋山さんは、まさに、ぼくと弘さんの愛のキューピッド、というわけですね。秋山さん！　今田浩志郎、このご恩は一生忘れませんよっ。ええ忘れませんとも！」

「あら、いいのよそんなこと。あたしもこのほうがおもしろ……いえ、先輩としてうれしいし。それで、どーお、晴れて思いのかなった気分は。昨夜はそうとう頑張っちゃったんじゃない？　太陽、黄色くない？」

「いやいや、昨晩は弘さんの体を気づかって、同じベッドで手をつないで寝ただけですよ。なにしろ昨日は昼間から五回もことに及び、仕事に遅れてしまいましたのでね。ハハハ、まいったな」

「な、なに話してんだよおまえらはっ！」

「おや、そんなに赤くなって。照れてるんですか。まったくあなたはかわいい人ですね、ディア・スウィート」

「どこさわってんだてめーッ！」

「そんなに照れずとも。せっかくこうしてぼくらの愛が実ったのです、心配してくださった秋山さんにはご報告するのが筋というもの」

「あー、相原さん真っ赤っか。かーっわいー」

「ははは、そうなんですよ。弘さんて本当に照れ屋さんで困ってしまいます。ですが嫌よいやよも好きのうち、いやもう、こんな顔をして、弘さんてば本当は……。弘さんのふだんの人柄からは想像もつかないほどの快楽に対する貪欲《どんよく》さには、さしものぼくもたじろぐ思いでしたよ……ふっ……まいったな」

「……てっ……」

「えーっ、相原さんてそうなのっ？　やーん、エッチい。もっと話して」

「ははは、秋山さんも好きですねえ」

「ね、ね、男同士って一度体験すると、女としてももう感じなくなるってホント？」

「それは人それぞれでしょうが、ぼくはこの先弘さん以外と肌を重ねるつもりはありません。それはもう……昨日のはすばらしいセックスでしたよ」

「……て、てめえ、ら……っ」

「でも今夜もまた頑張っちゃうんでしょ？　ん、もう、このこのっ」

「それは当然、愛する弘さんのため、さーらーにテクニックを磨き、日々精進《しょうじん》するつもりです。情人に閨《ねや》で寂しい思いをさせたなどとあっては、アソコがくさる……いや、もとい、男がすたりますからね」

「きゃはははは、ねえ、男の人でもいろいろ体位ってあるわけ？　教えて教えて」

「てめえらなあ……っ」

「ああ、それはですねえ……」

「きゃー、いやーっ、うそーっっ」

「弘さんはこれが好きで……」

「てめえらなあっ！」


「いいかげんにしろ――――っっっ！」

Old Times

「間島《まじま》さん、起きて。電話鳴ってる」

戸口から差し込んできた陽差しに瞼《まぶた》を直撃されて、間島は呻《うめ》き声を上げ寝返りを打った。

一晩中クーラーをかけっぱなしにしていたせいか、喉がガラガラだ。

「……だれ。店？」

「さあ。酒くさいよこの部屋」

入り口から携帯電話を放ってよこすと、同居人はむすっとそう云《い》ってドアを閉めた。

そっけない態度はいつものことだ。もともと愛想のいい男じゃない。

それに、このところ遅くまで書斎の明りがついていたから、〆切前でカリカリしている可能性もなきにしもあらずだ。普段は電話が鳴っていようが気にも留めないやつだが、共有スペースのリビングで鳴りっぱなしになっている携帯電話に業を煮やして、寝室に放り込みにきたのだろう。

間島は大きな欠伸《あくび》をしながらシーツの上に落ちた携帯電話を手繰り寄せ、通話ボタンを押した。出し抜けに、元気のいい声が鼓膜をつんざいた。

「おっはようございまーす、秋山《あきやま》です！　もしかして、まだ寝てました？」

「おー……悪ィ。ちっと昨夜遅くて」

目をしょぼしょぼさせて目覚まし時計に目をやる。十時半。また欠伸が出た。

昨夜は接待だった。知り合いの社長におネーチャンのいるクラブにつき合わされ、酔って正体をなくした彼を自宅まで送り届け、自分のベッドに潜り込めたのは明け方になってからだ。朝陽がまぶしい。ブランケットは蹴り飛ばされて床に落ちている。

「お疲れ様でーす。忙しそうですね。今日だいじょうぶですか？」

「おー、モチよ。ミカちゃんこそどうよ。会社忙しいんじゃねえの？」

「おかげさまで。一昨日も新製品の研修で一泊でニースからとんぼ返りですよぉ。でも今日は這ってでも行きますからっ！　子供たちは実家で見てくれることになってるし、みんなが顔を合わせるのって、うちの上の子が産まれたときだから……九年前？」

「ああ、もうそんなんなるか。早えなあ」

「それで今日なんですけど、あたし車出すんで、よかったらピックアップしましょうか？　ファクスしてもらった地図見たら、駅からわりと距離あるんですよね」

「おー、助かるわ。バスで行くつもりだったから」

「途中ワインショップで手土産《みやげ》買って行きたいから、待ち合わせ、三時でいいですか？　じゃ、間島さんちの近くまで迎えに行きますね。着いたらまた電話入れます」

「おー。よろしく」

電話を切ると、間島はもう一度でかい欠伸をして、起き上がった。クーラーの冷気のせいで関節がだるい。トシだよな、と苦笑が出た。なにしろあの秋山ミカがいまや二児の母だ。トシ食うわけだ。

床に脱ぎ散らかしたくたくたのTシャツをかぶって、風呂へ行く。男所帯、どうせ廊下を挟んだ向かい側なんだから裸だっていいじゃねえかと思うが、共有スペースをだらしない格好でうろつくと同居人がうるさいのだ。

シャワーを浴びて出てくると、キッチンからコーヒーのいい匂いがしてきた。

「うーす。コーヒー、もう一杯分あるか？」

濡《ぬ》れた頭のまま入ってきた間島を見て、同居人はかるく肩をすくめるようにして頷《うなず》き、間島のマグカップを棚から取った。

その横で冷蔵庫を開け、パンを取り出す。

「トースト焼くけど、いるか？」

「ん……あるなら貰《もら》う」

「卵焼くけど食うか？」

「あるなら食べる」

しなびたパセリを刻んで入れてスクランブルエッグを作り、賞味期限ギリギリのソーセージもついでにフライパンで焼き、切ったトマトを添える。その間に杳《はるか》がカウンターを拭き、二人分のコーヒーと食器をセットした。

杳はほとんど料理をしないが、コーヒーを淹れるのだけはうまい。昔つき合っていた男がカフェを経営していたとか、直々に淹れ方を教わったとかなんとか。本人から聞いたのか、ひとから聞いたのだったかは忘れてしまったが。

「あ、しまった、バター切らしてた」

「おれの使っていいですよ。下の段の右」

「サンキュ。甘いのいるか？」

「うん」

冷蔵庫は共有で、上の段は間島、下は杏。相手のストックに手をつけてしまったら、すぐ補充するか、カウンターに置いてある貯金箱がわりのグラスに代金を入れる。カップボードも同じように上に間島、下に杏の食器が入っている。洗剤などの日用品代はもうひとつの共同貯金箱から出す。男二人のこんな生活も、もう三年めだ。

AV《エーブイ》 RAN《ラン》が、数年前リサイクルショップの経営に乗り出したとき、事務のアルバイト募集でやってきたのが彼――同居人の杏だ。いまでこそ、そこそこ売れっ子の翻訳家だが、当時はまだ食うや食わずの駆け出しで、アルバイトをかけ持ちして糊口《ここう》を凌《しの》いでいたらしい。

英語は堪能だしパソコンも扱える、仕事の覚えも速いというのでずいぶん重宝し、できれば正社員として残ってほしいと思っていたほどだが、一年しないうちに本業が忙しくなって辞めていった。同居をはじめたのは、そのあとだ。

キッチンカウンターに、用意した食事を並べる。昔から使っているポップアップ式のトースターからこんがり焼けた食パンが飛び出した。

「仕事、一段落したのか？」

トーストにたっぷりバターを塗りながら尋ねる間島に、杏はたっぷりのメープルシロップを回しかけたトーストの端っこをかじりながら、まあねと頷いた。寝不足のせいか、すこしぼうっとした顔をしている。眼鏡のレンズの奥の二皮《ふたえ》も充血していた。

「さっき校正が終わってバイク便で送った。食べて、風呂に入ったら夕方まで寝る」

「シャワーにしとけよ。また溺《おぼ》れんぞ」

「でもお湯に浸からないと疲れが取れない」

このあいだもそういって湯船でうたた寝して溺れかけたんだろうが、と思ったが黙っていた。云ったって素直に聞くようなやつじゃない。繊細できれいな顔に似合わず、性格は強情だ。長くて直線的な眉が、意志の強さを物語るように。

「あー、そうだ。なあ、引っ越し祝いになに持ってったらいいと思う？　すこし包むつもりだけど、それとはべつに」

「男？　女？」

「男。昔の同僚が中古の分譲買ったんだわ。今日仲間内で集まってバーベキューやるんだけどな」

「じゃ、スリッパ」

「スリッパ？」

「引っ越したばかりだと、案外客用のにまで気が回らないんだよ。用意してても数が足りないこともあるし。ちょっといい麻かなにかのシンプルなやつにしたら。消耗品だから、貰ったほうも気に入らなければトイレ用にでもするんじゃない」

「なるほどな」

「あと無難なのはワインとか、消えモノ系だけど」

そっちは秋山ミカが手土産にすると云っていたので、待ち合わせの時間までにスーパーで買い物をすませることにした。

「ってまさか……そこのスーパーで買っていくつもりですか？」

「まずいか？　包装してくれるだろ？」

「そうだろうけど……ちょっと待ってて」

杏は自分の部屋に戻ると、カードのようなものを持ってきた。裏側に地図が入っている。

「先月駅前にできたインテリアショップ。二階でタオルとかスリッパを扱ってますから。うちで使ってるのもそこで買ったやつです」

「へー。じゃあ同じの買ってくか」

いま間島が使っている夏用のスリッパは、杏が買ってきたものだ。しなやかな細い竹を敷いてあって、履き心地がいい。

「間島さんの分まで買うつもりはなかったんだけど。いつまでも擦《す》り切れて半分に裂けちゃったやつをパカパカさせて履いてるから、ついでにね」

「まーな。おれって物持ちいいだろ？」

と胸を張る間島愛用の首のゆるんだTシャツを、杏はあきれたように眺めやった。

「それはただの貧乏性」


ブランチをすませ、すこし仮眠を取ろうかと自室に引き取ると、会社から急ぎのメールが入ってきた。ばたばたと返事をしたり、書類をチェックしたりしている間に、あっという間に出かける時間がきてしまう。

支度をしてリビングに行くと、クーラーをきかせて、ソファで杏が熟睡していた。風呂に入ったあと涼んでいて、そのまま眠り込んでしまったようだ。クリーム色の麻のシャツがほっそりした身体を包んでいる。運動不足にならないよう週に一、二度ジムに通っているみたいだが、あまり筋肉がつかない体質なのだろう。

まあもっとも、トレーナーだってこの顔にボディビルダーもどきのムキムキの筋肉がつくようなプログラムを組みやしないだろうが。間島はしみじみと、同居人の美しい寝顔を見下ろした。

眼鏡を外した顔は久しぶりだ。ひんやりした、大粒の真珠みたいな顔立ち。街に出れば十人が十人振り返るような際立った美貌だ。こいつがアルバイトの面接に現われたときも、いったいどこのモデルが間違って迷い込んできたのかと、履歴書を何度も確認した記憶がある。

「えーと……この資格のとこだけど、英検二級ってのはまた、すごいね」

「英語の翻訳をしているんです。会話はあまり得意ではありませんが、ビジネス会話程度でしたらすこしは」

「パソコン検定も持ってんのか。へー…。こんだけ大層な資格持ってて、なんでまたバイトに？　うち、時給九〇〇円以上は出せないよ」

「以前貿易関係の職に就いていたこともあるんですが、翻訳の仕事をはじめてから、自由になる時間が欲しくて退社しました。でもまだ翻訳では食べていけないので。こちらは残業と休日出勤はないと伺いましたが」

「そうですね、基本的には。そちらからなにか質問は？」

「いえ」

「じゃ、明日九時から来てください」

「え？」

「ん？　明日から来れるんじゃないの？」

ボールペンの尻で耳の裏側を掻きながら顔を上げると、杏は戸惑ったような顔で間島を見つめていた。

「いえ……明日からでかまいませんけど」

「そう、ならよろしく」

頷いて、杏は傍らに立てかけてあった杖を手に立ち上がった。杖をつき、右足をかるく引きずりながら戸口に向かう。書類を片づけながらその後ろ姿をちらちら盗み見ていると、ドアノブに手をかけた杏が、くるっと振り返った。

アーモンドの形をした美しい目と真正面から視線が合い、ぎくっとする。

「なにか?」

「いや、べつに」

思わず下を向いた間島に、杏は向き直って、語気を強めた。

「なにか、お聞きになりたいことがあるんじゃないですか?」

「あー……いや……ジロジロ見て申しわけない。まあ……気にならんっつったら嘘なんだが」

「どうぞ、気になることは最初に聞いてください。そのほうがお互いにすっきりしますから。意味ありげな目でジロジロ見られるのはこちらも不愉快ですし、経験上、トラブルの元です。なんでもどうぞ」

「……あ、そう。まあそこまで云うなら、こっちも遠慮なく。——あのさ、君」

間島は身を乗り出すようにして、杏の顔をじっと見つめた。

「その顔、整形？」

……あのときのことを、杏は「いろんなバイトに面接に行ったけど、足のことじゃなく顔のことを聞いたのはあなたがはじめてだ」と、いまでも時々蒸し返しては笑っている。

「生まれつき右足が不自由なのかとか、どの程度の障害があるのかとか、仕事に差し支えはないかとか、普通はいろいろ根掘り葉掘り聞くんだよ。大真面目な顔して『整形？』って。どんな面接だよ」

そっちこそ、ほんとに面接に来たのか？　つうくらいでっかい態度だったろうが。

当時のピリピリしたムードとは別人のように無防備な顔をさらして、すやすやと寝息を立てている同居人の美貌に苦笑まじりの溜息をつき、自分の部屋から薄手のブランケットを取ってきた。

〆切間際になると、寝食を忘れて打ち込む癖がある。ガキじゃないんだからと間島は放っておいているが、周りには杏を放っておけない男が多いらしい。知り合ったころつき合っていた年下の歯科医は特にその傾向が強かったようで、別れてしまったのも、相手の過保護が原因だったらしい。

生まれつきのハンデのせいか、杏は他人から同情されることに対して過敏になりすぎるきらいがある。一緒に仕事をするうちに、それ以上に照れ屋だということがわかってきたが、プライドの高い杏には年下のエリート歯科医に素直にそういう部分を見せることができなかったのだろう。

一度、台風の日、彼が心配してバイト先まで迎えに来たことがあるのだが、杏はそれがいやだったらしい。傘も差せないような暴風雨の中、合羽《カッパ》を着て歩く杏の横を、ハザードをつけた恋人の車がゆっくりと伴走して帰っていったのを覚えている。ちらっと顔を見たが、長身で爽やかな好青年だった。しかし結局彼と別れるために内緒でアパートを解約し、逃げるようにアルバイトも辞めた。

その後、たまたま間島の知人の店で住み込みのバイトをしていた杏を泊めてやったのが、この同居のはじまりになったのだ。

「……ん……」

瞼が小刻みにぴくぴくと震え、ゆっくりと開いた。

光彩の薄い瞳だ。まだうっすらと夢のなかにいるのか、間島の顔を見ると、ぼんやりしつつ口もとに笑みを浮かべた。恋人の夢でも見ていたのだろう。

風邪ひくぞ——と声をかけようとした刹那《せつな》、醒めたらしい。がばっと飛び起きるや、真っ赤になった。

「な……なにしてるんですか」

「毛布。んなとこで腹出して寝てると風邪ひくぞ」

「あ、ああ……すみません。涼んでたら急に眠気がきて……」

杏はめずらしく赤くなったまま、もぞもぞとブランケットを体に巻きつけた。まるで、ネグリジェ姿を好きな男の子に見られた乙女みたいな反応だ。間島の前で寝ぼけたのが恥ずかしいのだろう。

「じゃ、出かけるわ。遅くなると思うから戸締まり……っと。今日は土曜か。また出かけんのか？」

「ええ。帰らないから、鍵持ってってください。このあいだみたいに締め出しくらったって夜中にケータイかけてきても、もう帰ってきませんからね。いまつき合ってる人に、夜中にだれの呼び出しだっていろいろ突っ込まれて大変だったんですから」

「へーへー。悪かったよ、デート中に邪魔して。ああそういや、管理会社からここの更新の通知来てたな。賃貸料四千円アップだと。どうする？」

「おれはかまわないけど……間島さんはいいの？」

「しゃーねえわな。確か前の更新のときは据え置きだったから」

「じゃなくて。いつまでもおれと同居してていいの？　早くお嫁さん見つけたら。不惑過ぎて彼女もいないなんて老後が侘《わび》しいですよ」

歳のことはほっとけ、と間島は舌打ちし、煙草《たばこ》に火をつけた。

この部屋は、昔の恋人と借りていたのだ。同い歳のＯＬで、三年つき合っていた。まあこのままこいつとずるずる結婚してガキでもこさえるんだろうな、と漠然と考えていたのだが、ある日の深夜仕事から帰宅すると、書き置きもなく彼女の荷物と家財道具一式が煙のように消えていた。残ったのは、玄関の靴箱の上に置かれていた合鍵。

「仕事にかまけてほったらかしにするからですよ。同棲しはじめたとたんにデートもしない、何ヵ月もセックスレスで。そりゃ彼女だってキレるでしょうよ。かわいそうだ」

「るせえ。おまえこそ、新しい男と部屋借りなくていいのかよ。どうせ毎週末泊まりに行ってるんだから、転がり込んじまえばいいだろ」

「冗談でしょ。四六時中、顔見てたら窒息します。いまの生活のほうが気楽でいいよ。気をつかわなくていいし」

と、杏はテーブルの灰皿と一緒に、悪戯《いたずら》っぽい流し目を間島によこした。

「心配しないでも、間島さんに彼女ができたらいつでも出ていきますよ」

「当ったり前だ。んじゃ、更新しとくからな」

「よろしく。いってらっしゃい」

煙草を消し、流しに片づけてからリビングを窺うと、杏はもうソファに横になって目を閉じていた。彼の部屋にはクーラーがついていないので、こんな真夏の日中は、ここで涼んでいることが多い。冬は冬で日向ぼっこなぞしている。

あのソファは、一緒に暮らしはじめてから間島が買ったものだ。彼女が家具も持っていってしまったので、杏が転がり込んできた当初は、床に座布団の生活だった。だが床の生活は、彼には——彼の脚には、きつい。それで大学時代の友人がインテリア関係の仕事をしているのを思い出し、展示品を安く譲ってもらった。

だが杏には、ソファを買った理由を云ったことはない。おまえが不自由だろうと思ったから……なんて云われたって、よけいなお世話でしかないだろう。勝手にやったことだから恩着せがましいことをいちいち云うつもりもない。

同居人というよりも、猫が一匹住み着いているようなものだと思っている。……なんて本人に云ったら、「猫が家賃や光熱費を払いますか」と冷たい目をして拗《す》ねそうだが、ツンとすましたようなところといい、プライドの高さといい、やはり杏のイメージは猫だ。

実は、同居人のことを説明するのが面倒なので、周囲には猫を飼っていることになっているのだが、それを知ったらしばらく口をきいてくれないかもしれねえな——と考えながら、間島は玄関の鍵を締めた。


「おっじゃましまぁーす。うわーあ、玄関広い！　あ、これ、つまらないものですけど、どーぞ」

「うっわ、サンキュ。そんな気ぃつかわなくていいのに」

玄関に出迎えた相原弘《あいはらひろし》は、秋山ミカが差し出した花籠とワインを笑顔で受け取った。

顔を合わせるのは実に七年ぶりだが、男前はあいかわらずだ。むしろあのころより若くなったように見える。堅気のサラリーマンというわけじゃないから同年代より若く見えるのは当然かもしれないが、大学時代テニスで鍛えたスリムな体型も維持されていた。女好きのする、ちょっと甘えた笑い方も健在だ。

相手は元上司にどんな感想を持ったのか、間島の顔を見ると、少し照れ臭そうに会釈《えしゃく》した。

間島はにやっとして、よう、と相原の胸をかるく叩き、手土産を渡した。

「おめでとさん。いいマンションじゃねえの」

「ありがとうございます。散らかってますけど、どうぞ、上がってください。……っと、そうだ、客用のスリッパ忘れてた。えーと、余分なのがどっかになかったかな……」

「あ、それスリッパ。客用のまで手が回らないんじゃねえかと思って。使ってくれ」

「さっすが間島さん、気が利くぅ」

気が利くのは自分じゃなく同居人なのだが、まあな、と間島は笑ってごまかした。アドバイスをくれたのは男だとか、ましてゲイだとか、三年も同居しているとかいったことは、黙っておくにこしたことはない。特にこいつらには。よってたかって酒の肴《さかな》にされるのがオチだ。十年前、相原をからかっていたころのように。

「築二十年って聞いてたけど、すっごいきれいじゃない。びっくり」

さっそくスリッパに履き替えた秋山は、ご機嫌で室内を見回している。

「全面リフォームしたからね。変えてないのは玄関のドアくらいだよ」

「この壁、クロスじゃないのね。珪藻土《けいそうど》？」

「そ。金ないから自分たちで塗ってさ。週末ごとに通って、少しずつちまちまと」

「ふううーん」

「……なんだよ」

「自分たち、だって。ノロケちゃってぇ」

秋山は含み笑いを浮かべて、肘《ひじ》で相原を小突いた。

「〝タラシのヒロシ〟の異名を取ったあの相原さんが、十年経つとこうなるのねえ。昔の相原さんだったら、ペンキまみれになって壁を塗るなんて考えられなかったよね」

「そのこっぱずかしい仇名のことはもう忘れてくれって……。ミカちゃんこそ、別人みたいだよ。十年前はそんなコンサバなスーツ着たことなかっただろ？」

そうそう、と間島も頷いた。

「おれもびっくりしたわ。待ち合わせ場所にド派手な外車が停まってると思ったら、巻き髪のおねーちゃんがにっこにこして手ぇ振ってんだもん。どこのお嬢さんかと思ったよ」

フリルつきのキャミソールに、膝丈《ひざたけ》の白いタイトスカート、開いた胸もとには小さな石のネックレスが二連。トレードマークのようだった眼鏡も、いつの間にかコンタクトレンズに変わり、いつもただ櫛《くし》を通しただけだった髪は、鎖骨のあたりでふんわりと巻かれている。十年前の秋山ミカを知っている人間だったら、顎《あご》がカクンと外れるような変身っぷりだ。

「ほんとほんと、とても二児の母には見えないよ」

「そうそう、人妻の色気があるよな」

「やだー、そんな、もお。二人ともいつの間にそんなにお世辞がうまくなっちゃったんですかあ」

きゃっ、と照れ臭そうにシナを作る秋山を見て、男二人は苦笑をかわした。やっぱり彼女も女の子だったんだな、としみじみ感慨深い。

「まあ、立ち話もなんですから。どうぞ」

「わー、すてき、ひろーい！」

リビングのドア口で、秋山が歓声を上げた。キッチンとダイニングまでぶち抜きのフローリングで、大きな窓の向こうに広いバルコニーがある。床に同じような色合いのテラコッタが敷いてあるので、よけいに部屋が広く見えた。

リビングにはデザインもムードもちがう、古いちいさめのソファが二つ。よく見ると、ほとんどの家具が不揃いだ。引っ越しに当たってわざわざ新調はせず、互いに持ち寄ったのだろう。アジアン風のローボードに、ミッドセンチュリー風の楕円の置き時計。趣味はばらばらだが、だがそれが不思議とまとまった、居心地のよい空間を作っている。

「家中二人で壁塗ったの？　うっわー、大変だったでしょ」

「まあね、でもけっこう楽しかったよ。職人さんにいろいろ教えてもらったりして。えーと、二人とも、とりあえずビールでいいですか？」

「おー、いいね」

「場所見つけて適当に座ってください。暑いけど外のほうが気持ちいいかと思って、ベランダにバーベキューの用意したんで、ダイニングの椅子を全部出しちゃったんです」

「なにか手伝いましょうか？　わあ、キッチンＩＨにしたんだ〜。いいな。洗濯乾燥機もここにあるのね」

「脱衣所が狭いんでこっちに置いたんだけど、便利だよ。そこのドアからベランダに出られるから、朝の忙しいとき、あっちこっち移動しなくてすむし」

「うちもリフォームするときはそうしようかな。乾燥機より、お天気の日はやっぱり外に干したいんですよね。子供の洗濯物が毎日山ほど出るでしょ」

「そういえばミカちゃん、今日旦那と子供は？」

「幼稚園に子供たち迎えに行って実家に預けてから来るって。下の子にべったべたでまいっちゃいますよ」

「に？　下の子が、じゃなくて？」

「に。前から女の子を欲しがってたから、産まれてからすーっごいデレデレなの。ま、よく面倒みてくれるんで助かりますけど。あたし仕事で留守がちだし」

秋山は、できちゃった結婚で退職後、実家の産婦人科と提携してはじめたマタニティエステが大当たりし、いまや都内に二つ支店を持つ女性実業家である。辞めていった当時の同僚のなかで、一番出世したのは彼女だろう。

「子供もつれてくればよかったのに。上の子、もうすぐ小学四年生だろ？　大きくなったんだろうな」

「だって子連れじゃ安心して飲めないじゃないですか。下の子できてから一滴もお酒飲んでなくて、甘いものも我慢して体型元に戻したんですよ！　あ、相原さん、ちょっと着替えたいんですけどいいですか？」

とゴソゴソとバッグを探るのを見て、エプロンでも持ってきたのかと、

「いや、気をつかわなくていいよ、せっかくきれいな格好してきたんだから、今日は座っててくれれば……」

「じゃーん、今日はゲロ吐くまで食べて飲むつもりで、Tシャツとトレパン持参しましたー。ほら、やっぱ一応仕事柄外じゃきれいなママでいないといけないじゃないですか。人目のあるとこでは気をつかうんですよね。ついでにコンタクトも外しちゃおうかな。……なに？」

「……いや。えーと、洗面所使って。廊下の右のドア」

秋山がいそいそと着替えに出ていくと、間島はこらえ切れなくなってぶふっと噴き出した。

相原もビールの栓を抜きながら笑っている。

「なーんだよ。結婚して落ち着いたかと思ったら、中身はちっとも変わってねえなあ」

「はは、でも安心しましたよ。さっきは一瞬マジで見違えたから。でも間島さんは全っ然変わりませんね」

「そうか？　おまえは若くなったんじゃねえの？」

冷えたビールで乾杯する。

「最近どうよ、景気は。マンション買ったってことは順調なんだろうけどさ」

「なんとか一息ついてますけど、まだまだですよ。きちんと給料出るようにはなりましたけどね。ここも、計算してみたらこの先賃貸でずっと払っていくより、ってあいつが云うんで、清水の舞台から飛び降りたつもりで決めたんですよ。知り合いの不動産屋の紹介だったんで、融通してもらえたんです」

「そういや昔、あいつがおまえの部屋の向かいに住む住まないで一悶着《ひともんちゃく》あったっけなあ。覚えてるか、おまえ胃潰瘍《いかいよう》で入院しちゃって」

「ああ…そんなことありましたっけ？」

とぼけた口振りだが、目が泳いでいるところを見ると、しっかり当時の記憶が蘇ったのだろう。もっとも、当人にとっては忘れようったって忘れられない事件だろうが。

「っと、悪い、灰皿いいか？」

「あ……すみません、うち灰皿置いてないんです。これでいいですか？」

相原は、洗ったホールトマトの空き缶を探して持ってきた。

「煙草やめたのか？　前は吸ってたよな」

「ええ、転職してから。吸える場所も少ないんで。あいつも吸わないから、副流煙とか気になるし」

「ほーお。おまえも体のことを気にするようなトシになったか」

「もう三十八ですからね。毎年人間ドックも行ってますよ。うち社内検診とかないんで」

「うわ、おれこないだの血液検査、肝臓でひっかかってさー、ウコン飲んでるよ」

そんな話をしていると、インターホンが鳴った。やつのご帰宅か？　と思ったが、モニターに映ったのはもう一人の元同僚だった。

程なく、この暑いのにきちんとネクタイを締め、両手に紙袋を提げた貴木悟《たかぎさとる》が現われた。

いや、貴木は旧姓だ。結婚していまは養子先の姓になっている。

彼も数年前RANを辞めており、顔を合わせるのは久しぶりだった。結婚してからややふっくらしてきたせいか、しばらく見ない間に貫禄《かんろく》がついてきたようだ。愛妻のお見立てらしきサマースーツもなかなか似合っている。以前はお調子者というか、いつまでたっても学生気分が抜けなかったが、一国一城の主ともなると変わるもんだな……などと感心しつつ和やかに挨拶《あいさつ》をかわしていると、着替えに行ってた秋山が戻ってきた。

「早かったじゃない。子供たちぐずらなかった？」

「うん、寝てる間にそっと出てきたから……って、ミカさん、なに、その格好！」

「なにってジャージ。ヘン？」

「変もなにもっ……ちょっと、こっちに来てっ」

旧姓貴木——秋山悟は、Tシャツとジャージに着替え、巻き髪を後ろでひっつめたやる気満々の妻を、廊下に引っ張り出した。なんだなんだと相原と二人顔を見合わせて聞き耳を立てていると、

「ひ、ひどいよ……！　おしゃれして出かけてったってお手伝いさんに聞いたから、今日はすっごく久しぶりにきれいなミカさんが見られるっておれ楽しみにしてたのに……なんで着替えちゃうんですかっ」

「人聞き悪いなあ、いつもきれいにしてるじゃない。だいたいあんなカッコしてたら食べられないじゃん、汚れるし。あ、お野菜ちゃんと持ってきてくれた？　有機無農薬のやつ」

ドア越しにコソコソとそんな会話が聞こえてきた。

「持ってきたけど……だって、ミカさんがきれいにしてるのは、会社に行くときだけじゃないですか……」

「充分じゃん。文句あるならいつでも離婚するよ？」

「ええっ！　ち、ちがうよ、文句じゃなくてさー……」

「……いやはや。婿殿《むこどの》、尻に敷かれまくってんなあ」

聞き耳を立てつつ、こちらもコソコソと囁き合う。相原も気の毒そうに笑っていた。

「できちゃった結婚したときに、これであいつの将来は見えたと思ったけど、案の定でしたね」

「ま、貴木にはぴったりだわな。あれくらい強い女房のほうが」

「相原さーん、これ旦那の田舎《いなか》で作ってる有機無農薬のトマトと胡瓜《きゅうり》とお茄子《なす》～。おいしいからよかったら二人で食べて」

「うわー、いいの、こんなに。助かるよ。いいトマトだね、冷やして出そうか」

愛妻の後ろから肩を落としてリビングに戻ってきた貴木は、にやにや嗤《わら》いの元上司の顔を見ると、急にクールな顔を取り繕った（紛らわしいので昔の姓のまま呼ぶことにしよう）。

「や、まいっちゃいますよ。あいつ二人目産んでから格好に構わなくなっちゃいまして。みっともないから人前ではちゃんとしとけって云ってるんですけどね」

ゴルフ焼けした顔の汗を拭ったハンカチに、子供の戦隊モノのプリントがしてあることは、見て見ぬふりが男の情けだ。

「いやいや、ミカちゃん結婚してからずいぶんきれいになったなって云ってたとこだ。ま、飲めよ、婿殿。幼稚園に子供迎えに行ってたんだって？　下の子いくつになったっけ」

「四歳三ヵ月です。あ、写真見ます？　べつにいつも持ち歩いてるわけじゃないんですけどね、このあいだ雑誌の子供モデルにスカウトされちゃって……いえ、べつに自慢じゃないんですけど。どうです、パパにそっくりだってよく云われるんですよ」

「おー、ほんとだ、似てる似てる」

「でしょうっ？」

「そっくりだ。目が二つで口が一つ」

「……間島さんに見せたぼくが馬鹿でした。あっ相原さん、これ、うちの娘の写真なんですけど見たいですか？　実はこのあいだ子供雑誌のモデルにスカウトされちゃって。ははは、いえべつに自慢じゃないんですけど」

「どれどれ。へー、ほんとだ、かわいいな」

「相原さーん、あんまり調子に乗せないでくださいね。このひと、親バカ道極めてるんだから」

目尻をデレデレさせて娘の写真を見せびらかす貴木を、秋山があきれ顔でからかっている。それぞれトシ食って落ち着いたはずなのに、連中がこうして顔を合わせてぎゃあぎゃあやっていると、ＡＶ　ＲＡＮの事務所の賑《にぎ》やかな日々に帰ったかのようだ。

十年ぶりか——

まず秋山ミカが寿退社をし、次に彼女が出産後立ち上げたエステティックサロンを手伝うために貴木が辞め、その二年後、相原が大学時代の先輩に引っ張られて転職した。いまはちいさな映画配給会社で営業をやっている。転職してしばらくはほとんど休みもなかったらしく、一年ほどしてばったり街で会ったら、ずいぶん痩せていたので驚いた。あの頃に比べると、いまは仕事も私生活も落ち着いているのだろう。

「さてと。腹減ったし、そろそろはじめませんか。鉄板もほどよくあったまってるし……」

「えーっ、全員揃うまで待ちましょうよ。今日は二人の引っ越し祝いなんですから、主賓が欠けてちゃダメダメ」

「でもあいつ何時になるかわかんないからな。今日はなるべく早く帰ってくるとは云ってたけど」

「予備校の講師をしてるんでしたっけ？　よく思い切りましたね。先輩はRANに残ると思ってましたよ」

「でももともとは教職希望してたのよね。相原さんに釣られてRANに就職しちゃったけど。喋《しゃべ》るのは得意だし、けっこう向いてるんじゃない？」

「あいつのはお喋りっつうより、相原への愛がほとばしってあふれてただけだったけどな」

「あはは、懐かしーい。ジュ・テームとかモン・シェーリとか、意味不明の外国語がバイトの間で流行《はや》ったんですよね」

「え、うそ、なにそれ」

「最後に必ずジュ・テームをつけたりするの。ありがとうございますジュ・テ～ムとか」

そういえば流行った流行ったと、間島も思い出して大笑いした。相原は自分の店でもこっそり流行っていたことを聞き、知らなかったとショックを受けたようだ。

「そらー流行るって。あれはキョーレツだったからなあ」

「大学時代はあそこまで突っ走ったキャラじゃなかったんですけどね。相原さんと出逢ってどこかの回路がブッ壊れたのかな。なにしろ〈運命の出逢い〉ですもんね」

「深夜シフトと早番のダブルヘッダーが一週間つづいて辛いときも、あのマシンガントークを聞くとスカッと元気になるんですよねえ。ある意味ドリンク剤より効きましたもん。それをまたイヤそーに聞かされてる相原さんの姿が乙女心をくすぐるっていうか、ああつらいのはあたしだけじゃない、世のなかにはこんなにつらい目にあってる人もいるんだわ、耐えるのよミカ、だってこんなに愉快な職場で働けるあたしは世界一幸運な女じゃない！　と思って日々励んでました〜」

「お役に立ててよかったよ」と相原は笑って聞いている。

お？　と思った。昔の相原なら、こんなふうにからかわれると照れまくってそっぽを向くか、真っ赤になって噛みついていってはさらにやられるか、だったが。

オトナになったもんだ、と感心していると、ピンポーン…と間延びした玄関チャイムが鳴った。秋山夫妻の顔が輝く。

「帰ってきたんじゃない？」

「真打ち登場ですね。さあさあさあ、相原さん、お出迎えお出迎え！」

「え、ええ？　ちょっ、いいって、鍵持ってるんだから自分で入ってくるって……」

「いいからいいから！」

よっぽど「ただいまの熱いベエゼ」が見たいんだろう。おもしろがってお出迎えをさせようとする二人に背中を押され、相原がこっちに助けを求める視線をよこしたが、間島はにやにやして手を振った。悪いが、こんな見物を見逃す手はない。

そのうちに玄関のドアが開き、パタパタとスリッパの足音が廊下を近づいてきた。ドアの磨りガラスにシルエットが映る。

いよいよ、久しぶりに愛のマシンガントークが見られるか。間島もビール片手にドアに注目した。

「ただいま帰りま……おっと」

ブルーのピンストライプの綿シャツにチノパンというなりで現われた今田浩志郎《いまだこうしろう》は、秋山たちに背中を押されてよろめいた相原を、両手の荷物を床に離して抱きとめた。買い物袋から、ゴトンと醤油《しょうゆ》のペットボトルが転がり出る。

「だいじょうぶですか、弘さん？」

「ああ。サンキュ」

今田は相原の肩を離して醤油を拾うと、にっこりして三人に向き直った。甘茶色の髪に、涼しい目もとの端正な顔立ち。変わったのは髪型と、眼鏡をかけていることくらいか。

「やあやあ、ようこそいらっしゃいました、皆さん。お元気そうですね」

「引っ越しおめでとうございます、先輩。いい部屋ですね」

「邪魔してるぜ。仕事だったんだって？　このクソ暑いのにお疲れさん」

「間島さん、ご無沙汰しました。お元気そうですね。やあ、秋山さんも。会うたびにお美しくなられるので見違えてしまいますよ」

「あれ、いつもの醬油なかった？」

買い物袋を受け取った相原が、声をかける。

「ええ、この近所のスーパーでは扱っていないようですね。何軒か回ってみたのですが」

「そか、じゃ今度どっかでまとめ買いしとくか。サンキュ、悪かったな、仕事帰りに。暑かっただろ」

「いいんですよ、それより支度をお任せしてしまってすみません。すぐに手伝いますから」

「いいから着替えてきちゃえよ、みんなおまえが帰ってくるまで乾杯するの待っててくれたんだ。あ、それと、あとでちょっと炭見てくれるか。おれおまえほどうまく起こせないみたい」

「お安いご用です。ささ、皆さん、どうぞバルコニーのほうへ。お肉も冷えたビールもたっぷり用意してありますから、どうぞ楽しんでいってください」

「おー、ゴチになるわ。焼肉久しぶりだな」

「昔はよく仕事帰りに焼肉行きましたよねえ。このあいだあの近く通ったら、いまなす亭《てい》、携帯ショップになってましたよ」

「ああ、あそこ移転したんだわ、駅向こうのビルに。あそこのタン塩は絶品だったよな」

「……ど……」

　すると、秋山が、突然声を詰まらせた。

「ど……ど、ど、ど」

「どうしたミカちゃん。なにかつまみ食いして喉に詰まった？」

「ああ、それはいけません、秋山さんは昔から食い意地が張っておられましたからね。弘さん、すみませんがお水を」

「ちっがあーうっ！　どうしたって聞きたいのはこっちよ今田くん！」

「は？　ぼくですか？」

　秋山ににじり寄られ、今田はたじたじとなる。

「だって異常よ！　い、今田くんが相原さんに抱きついてチューもしないなんて……！　熱でもあるの？　なにか悪いものでも拾い食いしたとかっ？　それとももしかして倦怠期？　枯れちゃったの今田くん!?　そうか……蛇口全開で十年分の愛の言葉を毎日大量放出してたから、ついに枯渇しちゃったのねっ。かわいそうにぃ～」

「ははは、相変わらず愉快な方だ、秋山さん。きっとご家庭も賑やかで楽しいのでしょうね？　目に浮かぶようですよ」

「え？　うん、まーね、賑やかだよお。うち、子供が三人いるようなもんだもん」

肩をすくめる秋山の横から、貴木がいそいそとまたさっきの写真を取り出し、

「先輩、これうちの娘なんですけど、このあいだスカウトされちゃったんですよね、いや、ぜんぜん自慢じゃないんですけど」

「おお、これはかわいらしい！　ほら見てください弘さん、天使のような笑顔というのはきっとこのことですね」

「だな」

……いや、やっぱり変わったか、こいつも。

ごく自然に肩を寄せあって、目もとがどっちに似てるとか、口もとはどっちだとか云っている二人の姿を見つめる間島の眼差しは、いつの間にか、深い感慨が込められていた。

「じゃっじゃじゃーん。それでは、宴《えん》も闌《たけなわ》となりましたところで、本日のメインエベント〜」

すっかり昔に戻った気さくさでわいわいと喋りながら、今田特製のソースに漬け込んだ山のようなスペアリブも、しそドレッシングでさっぱりと食べるたっぷりのサラダも、間島が胡瓜と茄子で作った即席漬けも、持ち寄ったチーズやタコスもあらかた食いつくし、全員が肉のにおいに燻《いぶ》されほろ酔いのいい気分になったところで、秋山がもったいぶって取り出して見せたのは、古い写真の束だった。

「こないだ納戸の整理してたら、現像してなかったカメラのフィルムがたーくさん出てきたんです。会社辞めたとき、現像してみんなに渡そうと思ってて、出産でバタバタしてて忘れちゃったみたいなんですよね。というわけでー、じゃーん、持ってきましたー。はいこれ、人数分あるから回してくださいね」

「どれどれ。……うおっ、なっつかしー」

「ひえー、おれ、この髪型ありえねえ……」

「そーれを云うなら今田くんの私服！　薔薇《ばら》のガラのシャツだよ！　ありえないー」

「ないない、これはない！　ぶはははは、ひっでえな、どこのホストだこりゃ。腹イテー」

「ははは、間島さんは十年前と変わりませんね、少々額が広くなった以外は」

「あ、これ懐かしい。RAN冬の風物詩、巨大クリスマスツリー」

「ああ……思い出しますね、昔弘さんと徹夜で飾り付けましたっけ。これはまだ現役ですか？」

「んにゃ、店舗移転したとき処分した。いまはちっこいのを入り口に飾ってる」

「こうやって見ると全員で写ってる写真ってなかなかないですね」

「こっちは社員旅行で温泉行ったときか？　このときまだ貴木はいなかったんだな」

「そーいえばさ、ＲＡＮに入ったころってまだポケベル全盛で、携帯電話持ってたの社長と間島さんだけだったんだよね。はじめて支給されたときは嬉しかったなー」

「そうそう、おれ用もないのにファミレスのテーブルに置いて見せびらかしてたもん、あの当時」

「相原、これおまえの妹じゃないか？　ほれ、駅東《えきひがし》店のバイトに囲まれて写ってんぞ。いまどうしてんだ？」

「ニューヨークで柔道のインストラクターやってますよ。このあいだ全米大会のベスト４に入ったって葉書がきてました。まったく、嫁にもいかずになにやってんですかね」

「今度帰ってくるときは赤ちゃん抱いてたりして……って嘘ですギャーッ」

「ああ、これは本店リニューアルオープンのときの集合写真ですね。スタッフ全員で写っていますよ」

「えっ、どれどれ、見せて見せて」

全員が今田の手もとを覗き込んだ。

日付は十年前の四月。祝開店のスタンド花が飾られた店をバックに、ＲＡＮの赤いスタッフジャンパーを着た間島、秋山、相原と今田、貴木の五人が並んで写真に収まっている。

「なんたって、このときはアレだよな——招き猫さまの祟《たた》り」

「ああ！　このときでしたっけ、招き猫事件！　あれまだ事務所にあるんですか？」

「おー、あるある。社長室の神棚に鎮座ましましてるぜ。なんたって我が社の守り神だからな」

「あのあと皆で神社にお祓《はら》いに行ったんですよね。うわー、思い出しただけで背中がゾクゾクするな〜」

「しっかし、このときのオープン準備はきつかったよなあ。社長が突然リニューアルするって言い出してさ、前の晩は全員総出で徹夜で作業したんだよなあ」

「あたし一生分のタグ付けしたぁ……」

「ぼくもRANでアルバイトをするまで、ビデオレンタルが肉体労働だったとは思いませんでした。いまはどこでもDVDがメインだから、荷物が軽くて楽でしょうね」

「おれ段ボール運びまくって腰ゆわせたよ。いまでも時々腰痛出るんだよね」

「でもさ、でも……楽しかったよね」

めずらしく酔いが回ってきたのか、秋山がすこし舌っ足らずの声で、呟いた。

「腰ゆわすし爪伸ばせないし一日中立ちっぱなしで足むくむし、バイトはサボるしシフトきついし給料安いし盆暮れもお正月も休みないし、しつこいクレーマーはいるし半年も延滞してたおばちゃんは値切ろうとするし、はっきり云って職場としてはサイテーだったけど」

「ははは、並べられるとほんとにサイテー」

「でも、でもさ……楽しかったな。すごーく好きだったな、RANも、RANの仲間も」

「ミカちゃん……」

皆、少し驚いていた。かなり酔ってるな、と間島は思った。こんなセンチなことを云い出すタイプじゃない。退社するときもサバサバしたものだったし、送別会でもこの職場が好きだった…なんてしおらしい言葉は出てこなかった。別れを惜しんでべそべそと泣くバイトたちを最後まで笑顔でからかって去ったのだ。

だがそんな秋山の言葉に、いまはだれも茶々を入れようとはしない。

「いまの会社も楽しいし、やりがいもあるけど、でもさ、あのころとはちがうんだよね。なんていうのかな、ここにいるみんなみたいな仲間とは、もう出逢えないような気がする。あっは、なんちゃって、ちょっとクサかったね」

「……いいえ。わかります」

今田が穏やかに云った。

「ぼくは弘さんと運命的な出逢いをし、不純な動機でRANに入社してしまいましたが、しかしあそこで得られたものは弘さんの愛情だけではありませんでした。信頼、情熱、真心……そしてなによりも、仲間というものの大切さを、ここにいる皆さんから教授していただいたのです。RANは、ぼくにとって青春です。ふだんは多忙に紛れて意識することはありませんが、振り向けばそこにいまもまばゆく輝いている……あの夜空の明星のように」

「あはは、やっぱクサイ台詞《せりふ》は今田くんのお家芸だね」

秋山がごまかすように笑って、潤んだ目をこする。その背中を、横に座っていた貴木がさりげなく抱いた。

「RANはおれにとっても青春でしたよ。いろいろあったけど、めでたく運命の出逢いもしましたし。ね？」

「えー、だれと？」

「ミ、ミカさぁん」

「おれもだよ」

するとと、相原までがしみじみと呟いた。

「おれはアルバイトから特に考えもなくそのまま正社員になっちゃったクチだけど、RANに入ってよかった。楽しかったよ、ほんと。同僚にも上司にも恵まれてさ、いい時代だったな。給料は安かったけど」

「たしかに」

今田の相槌に笑いが起こる。

「でも、楽しかった。すっごくすっごく楽しかった……」

瞼が今にもくっつきそうだな、と思っていると、案の定、秋山はそのまま旦那の肩にもたれて寝息を立てはじめてしまった。

「あーあ、寝ちゃったよ」

「タオルケットを持ってきましょう。そこのソファに寝せてあげて」

「やれやれ、結局後片づけはおれたちだけか。いいタイミングで潰《つぶ》れるなあ。さすがミカちゃん、ちゃっかりしてるぜ」

間島の呟きに、潰れた秋山以外の全員が笑った。

「なんだ、こんなとこで吸ってたんですか」

灰皿がわりの空き缶を片手に、手すりにもたれて煙草をふかしていると、相原がベランダに出てきた。

「中で吸ってもかまわないのに。ここ暑いでしょう」

「ま、一応な。せっかく塗った壁に脂《やに》がついちゃもったいない」

「すみません。あ、さっき代行車来たんで貴木たち帰りました。ミカちゃん、車んなかで吐いてないといいけど。あんな酔っぱらったとこはじめて見ましたよ」

「子供ができてからずっと飲んでなかったらしいからな。久しぶりにハメ外して、ストレス発散になったんじゃないか？」

「間島さん、泊まっていくでしょ？　狭いですけど、客間に布団敷きますから」

「いや、おれも帰るわ。まだ終電間に合うから、駅まで酔いざましに歩くよ」

「でももう遅いし、けっこう距離が……もしかして、家でだれか待ってるんですか？」

「ばっか、いねえよ。猫が一匹居着いてるけど、今日は人んちに行ってる。女は一人に決めらんなくってな。もてる男は辛えよ」

「間島さん、遊べるタイプじゃなかったでしょう。バイトの女の子に告白されても、彼女がいるからって片っ端から断わってたらしいじゃないですか」

間島は肩をすくめた。さては、ネタ元は秋山ミカあたりだろう。バイトの子はほぼ相原・今田組派、貴木派に二分されていたのだが、たまには間島が本命という変わり種もいたのだ。

「うちの店でも間島さん、人気あったんですよ。やさしくて、意外に脚が長いって」

「意外はよけいだ。それにしたって、まさかおまえらが十年もつづくなんてなあ……いろいろ煽《あお》ったおれが云う台詞じゃねえが」

相原はベランダに出てくると、間島の横に並んだ。七階からの眺めはなかなかだ。すぐ前に整備された公園があり、濃い緑がライトアップされている。暑くて眠れずに出てきたのか、初老の男性が、犬の散歩をしていた。

「おれだって考えてませんでしたよ、あのときは。いい歳した男同士で一緒に暮らしたり、ましてマンション買ってリフォームするなんて。人目を気にしてたころはとてもじゃないけど考えられなかったな」

いまだって気にならないわけじゃないですけどね、と付け加える。だがその顔は、いろんなものを乗り越えて穏やかに見えた。

「ふーん。そんなおまえがよく決心したもんだ。いろいろ大変だったろ。ローンも男同士の同居じゃすんなりいかねえだろうし」

「そのへんは今田の実家に世話になって。いろいろありましたけどね。不愉快な思いをしなかったわけじゃないし。でも、それがおれたちが一緒にいるためについて回ることなら、受け入れていくしかないですからね」

「……ほーお。達観してんなあ」

「まさか、ぜんぜんそんなんじゃないですよ。腹のなかじゃなにかっていうとガタガタしてるし。その点は今田のほうが肝が座ってますね」

「あいつは昔からマイペースだったからな」

「ええ。あいつには、救われてます」

と、照れたように笑う相原の顔に、間島はどきりとした。まぶしかった。

「RANを辞めていまの仕事に転職したとき、周り中から反対されて――まあ、当然なんですけどね。全店マネージャーに昇格したばかりだったし、なにもよりによって、まともに給料も出るかわからないような会社に、って。実はミカちゃんにも説得されたんです。ちょっとくらい映画が好きだからって、そんな畑違いの仕事、それもできたばっかりの映画配給会社の営業なんて苦労するだけだって。……でも、たった一人だけ、背中を押してくれたやつがいたんです」

相原はゆっくりと振り向き、窓越しに部屋のなかへ視線をやった。

エプロンを着けた今田が、キッチンでコーヒーを淹れている。

「おまえが悩んでたのは知ってるよ。正直云って、おれも辞めるとは思ってなかった」

「ですよね。でもあのとき飛び出さなかったら、一生悔いが残ったと思います。転職したあとも、うまくいくことばっかりじゃなかったけど、気がつくといつもあいつが支えてくれてました。……あいつといるとね、ぐじぐじ悩んでるのがバカらしくなるんですよ。一度きりの人生、自分に正直に、楽しんで生きなくちゃ損だなって。あいつと出逢わなかったら、平穏に結婚して、子供の二、三人いたかもしれないけど……」

「どうだかな。あいつのことだから、七回生まれ変わってもやっぱりどっかでおまえに一目惚れして付き纏《まと》ってるんじゃねえか？　弘さん、ユア・マイ・エ〜ンゼルつって」

声真似に爆笑しているところへ、本物の今田が携帯電話を片手に窓をノックした。

「弘さん、お電話ですよ」

「っと、サンキュ。すみません、ちょっと」

電話を受け取って急いで移動した相原と入れ替わりに、今田がコーヒーを持ってベランダに出てきた。相原の電話は仕事先からだったらしく、リビングで書類を見ながら話し込んでいる。

「おまえのほうは、仕事どうよ。順調？」

「ええ、おかげさまで。その節は、間島さんにずいぶんご迷惑をおかけしてしまいましたが」

今田が転職したのは、RANが名古屋《なごや》にリサイクルショップの新店舗を出す計画を立ち上げたころだった。今田はその店を任されるはずだったが、当時相原が新しい職に就いたばかりだったため、いま東京を離れるわけにはいかないといって退職していったのだ。

そこまでは予測の範囲だったが、てっきり相原にくっついて同じ会社に飛び込むものと思っていたので、あとで転職先は予備校の講師だと聞き、ずいぶん驚いた覚えがある。

「……にしたって、十年ってのはでかいな。相原も変わったと思ったけど、一番変わったのはおまえかもな。ミカちゃんじゃないが、おれもさっきは驚いた。人目を憚《はばか》らず抱きつくわキスするわだったあの今田がさ。十年たって、さすがに落ち着いたか」

「いえいえ、ぼくの弘さんへの気持ちは十年前からなにひとつ変わっていませんよ。それどころか、日々募る一方。朝、ベッドでおはようの挨拶をかわすたび、ただいまと家に帰って弘さんの花の顔《かんばせ》を見るたびに、毎日惚れ直してしまうくらいです。弘さんのすばらしさを挙げろと云われれば、あの東の空が白むまで数えつづけることができますが」

「へーへー、ご馳走さん」

ずるずるとコーヒーを啜《すす》る。

「いまにして思えば、以前は弘さんへの想いを、全世界、いえ、生きとし生けるものすべてに向かって叫ばずにいられないほど……自分に自信がなかったのです」

コーヒーを噴き出しそうになった。

こいつの口から「自信がない」なんて台詞が飛び出すとは。目を剝《む》いている間島に、今田は照れたようにかすかに笑ってみせた。

「おっしゃりたいことはよくわかります。ですが、日々あれだけ声高に弘さんへの愛をアピールしていたのは、とりもなおさず自信のなさだったと――いまはそう思えるのですよ。弘さんに振り向いてほしい、ぼくだけを見つめてほしい、ただその一心に必死だったのだと」

「……………」

「弘さんは、いまもそうですが、もともと同性を性的な対象とするタイプの方ではありませんでした。そばでそっとお慕いし、ただ見つめているだけだったならば、振り向いてもらえるどころかおそらく一生ぼくの気持ちに気づいてもらえなかったことでしょう。無論、当時ははっきりと意識してああした言動を取っていたわけではありませんが、想い叶って弘さんの愛を得、寝食を共にし、生涯の伴侶《はんりょ》として親愛を育むうちに、少しずつわかってきたのです――愛は叫ぶものでない。ただ、愛する人の耳もとで囁くだけでよいのだと」

今田の眼差しは、部屋のなかにいる恋人に注がれていた。とろけそうな顔ってのは、まさにこれだろう。すると、それに気づいたかのように、相原が窓の向こうで振り返った。書類片手に電話をしながら、なに見てんだよ、というように、照れたように今田をにらむ。「ばーか」と口だけが小さく動いた。

……なんだかなあ。

「おれもぼちぼち帰るわ。ここにいるとあてられっぱなしで、独り者にゃ毒だ」

「間島さんはまだお独りですか」

「まあな。まだ運命の相手には巡り会えてねえな」

「そうでしょうか？」

「ん？」

「ぼくは、弘さんと一目会ったそのとき、体を電流が貫いたような運命を感じましたが、たいていの場合、わたしが運命の相手ですと首から名札をさげてくれているわけではありません。もしかしたら、実はとうに出逢っているのに気づいていないだけかもしれませんよ――青い鳥は身近にいるものです。常識や固定観念が、真実を見る目を曇らせているだけかもしれません」

「身近っつってもなあ……」

一人、思い浮かんだ顔があった。真珠みたいな美貌の同居人。実際あいつとは三年も同居しているわけだが、……それはありえない。いくら顔はきれいでも、男だ。

いや、これが固定観念ってやつか？　相原ももともとは女好きだったわけだし――

いやいや待て待て。流されてどうする。だいたいまかり間違ってこっちがその気になったって、杏のほうでハナからお断わりだろう。あいつが間島を同居人に決めた一番の理由は「好みじゃないから」だ。三年一緒に生活していても、一度だっておかしなムードになったことはない。

それに、あいつにはずいぶん長いことつき合っている男がいる。仕事が詰まっているとき以外は、土日は必ずそいつのところで過ごすのだ。今日も今頃は……。

「どなたか思い当たるようですね」

「ああ？　いいや、あいにくそんな色気のある話はご無沙汰だな」

「そうですか？　でも、もしや――と思う方を見つけたら、迷わずに捕まえなければあっという間に逃げてしまいますよ。幸せには羽が生えているのですから」

酔いざましに濃いコーヒーをもう一杯貰ってから、間島は二人の新居を辞した。

相原と今田は、マンションのエントランスまで見送りに出てきた。駅のほうに歩き出してからふと振り返ると、二人がさりげなく手を繋いでロビーに消えていく姿が見えた。

照れ臭くなって、間島は頭を掻いた。……なんだかなあ。まさかこのおれが、あいつらにあてられる日がこようとは。

キスも抱擁もしないなんて！　と秋山にからかわれた今田が、さりげなく話題をそらしたのを見て、ああこいつもずいぶん成長したんだと感慨深かったが、もっと驚いたのは、あの二人のさりげない距離感だった。

自然に肩を寄せあって写真を見ていた二人は、正直なところ、秋山たち夫婦よりずっと自然なカップルに見えた。昔だったら、今田はもっとこれ見よがしに相原にベタベタし、相原は人目を気にしてそんな今田を怒鳴りつける、というのがパターンだった。

だが今夜の二人はどちらも肩の力が抜けていて、久しぶりに会う元同僚たちの前だからといって、特に気負ったところも感じられなかった。デザインも趣味もちぐはぐな家具の寄せ集めなのに、なぜか居心地のいいあのリビングのように、しっくりしていた。

無論、あいつらだって一朝一夕にそうなったわけじゃないんだろう。そこに十年の重みってやつを感じた。あのマンションにしてもだ。RANにいたころはまだつき合いも浅かったし、間島らや罪のないアルバイトたちに冷やかされるだけですんでいたが、十年も一緒に住み、まして男二人で終《つい》の住みかを買ったとなれば、世間の厳しい偏見や興味本位の中傷にさらされることもあるだろう。

だがあの二人は、敢えてその道を選んだのだ。それは取りも直さず、十年という月日の間に育んだ絆《きずな》の強さがあったからこそだろう。

……青い鳥か。

夜道を歩きながら、間島はふっと溜息を漏らした。

出ていった恋人と、もしも三年前結婚していたら、おれもあんなふうになれたろうか？

……いや、たぶん無理だな。おそらく彼女は、間島より早くそのことに気づいていたんだろう。だから黙って出ていったのだ。自分にしたって、追いかけようともしなかった。

なにしろ、置いていった合鍵をそのまま杏に使わせているデリカシーのなさだ。愛想を尽かされるのも無理はない。

「あなたは、人のことはよく見えるくせに、自分のこととなるとことん鈍いのよ」——喧嘩のたびに、口癖のように云われた台詞。

だとしたら、自分の青い鳥も見逃しっぱなしなんだろう。

大通りに出るころにはすっかり酔いもさめていた。まだ終電はあったが、このままだれもいない部屋に帰って寝る気分じゃなかった。どうせ杏も男のところへ行って留守だ。

久しぶりに友人の経営するバーに顔を出すことにし、タクシーを拾った。その友人は数年前に離婚した独身仲間だ。相原と今田のことでも肴に、さみしい同士で一杯やろうと思った。

繁華街の裏通りの一角、このあたりでは比較的新しいビルのエレベーターで地下二階に降りていくと、カウンターとテーブルが五つばかりのちいさなバーがある。隅のテーブルに着くと、カウンターのなかにいた友人が、灰皿とメニューを持ってきた。

「久しぶりだな。どうしてた」

「あいかわらずだよ。マッカラン、まだボトルあったか？」

「あるぜ。熟成三年モノが」

そんなに来ていなかったのか。そういえば、前回ここに来たのは、確か大雨かなにかで電車が停まってしまったときだ。明け方までやっているので、以前は終電を逃すとしょっちゅうここで時間を潰していたが、最近は、あまり夜出歩かなくなった。たまに職場の連中を飲みに連れて行くくらいだ。友人を誘おうにもたいてい家庭があり、そうしょっちゅうというわけにもいかない。同居人と家で食事をとったあとに、またわざわざ出かけようという気分にもならない。

間島は苦笑した。今日はやけに同居人のことを考える日だ。

この何年か女っけがないのは、あいつにも少なからず原因があるんじゃないだろうか。なにしろ毎日あの顔を眺めているものだから、ちょっとやそっとの美人を見たくらいじゃなんとも思わなくなってしまったのだ。世のなかにはいくらでもスタイルが良くて愛想のいい女の子がいるってのに。たとえばあそこに座っている——

カウンターを見遣った間島は、一番隅の席に座っていた客を目にするや、そこにあったメニューをつかむととっさに顔を隠した。

身なりのいい紳士と並んで止まり木に座っている、見慣れたシルエット——もう一度メニューの陰から目を出して確認する。間違いなかった。杏だ。

「……マジかよ、おいおい……」

男のほうは四十代半ばくらいで、スポーツマンタイプの、なかなかの男前だ。その横でけだるげにカウンターに肘をついてグラスを舐めている杏は、昼寝をしていたときのしわだらけの麻のシャツのままだったが、見劣りしない。暗がりでもその美貌は圧倒的で、そこだけスポットライトが当たっているように見える。

メニューの陰からコソコソと窺っている間島を、隣のテーブルの客が怪訝《けげん》そうに見ている。

……ああいう男が好みか。

ふん、と間島は鼻を鳴らした。以前ちらっと見かけた若い歯科医も、やっぱり似たようなタイプだった。

しかしなにも、よりによってここで飲まなくたっていいだろうに。ここの話を杏にした覚えはないから、まったくの偶然だろうが、どうも愉快じゃなかった。

どういったらいいのか、洗車したばかりの新車に猫が泥の足跡をつけているのを見つけたような——いや、それともちがう。餌をやってやっとなつかせた野良猫が、他人の膝の上でお腹を出しているのを見てしまったような、べつに腹を立てる義理はないのにどうにも腹立たしいような、少なくともニコニコできるような気分じゃない。

どこかよそで飲み直すか、とも思ったが、なんでこっちが出ていかなくちゃならないんだと思い直した。メニューを下ろし、苛々と煙草をくわえ。こんなときに限ってライターがうまくつかない。

イライラしていると、奥のレストルームから若い女性が出てきた。すると、彼女はまっすぐにカウンターに行き、杏の横にいた男に声をかけた。

そして、二人は親しげに会話をかわしながら立ち上がり、一緒に店を出ていったのだ。杏は終始、振り向きもしなかった。

「マッカランお待ちどう。大事にしまい込んじゃってなかなか見つからなかったよ」

「おい、いま出てった客、あそこの男の連れじゃなかったのか？」

ボトルとグラスを持ってきた友人は、間島が指差したカウンターの客を見て、ああ、と首を振った。

「出てったのははじめてのお客さんだけど、彼はいつも一人で飲みに来るよ。連れがいたことはないな」

「いつも？　常連なのか？」

「そうだな、もう一年以上、土曜になると毎週のように始発まであそこで飲んでるよ。あのルックスだろ、はじめはまさか客でも引くつもりかと思って注意してたんだが、おれの知り合いのカフェにもずいぶん前から土曜日になると必ず出没してたらしいんだ。一人で朝まで本読んだり、なにか書き物して時間を潰してる。なにか土曜日は家にいられない理由でもあるのかね」

「………」

……家にいられない理由？

間島は、やや呆然として、杏の眠たそうな顔を凝視した。

土曜日は家にいるな——なんて、おれは間違ってあいつに云ったことがあるんだろうか？　いや、覚えはない。それとも、自分がいると間島が女を呼べないだろうと思って気を回したのか？　そんな女がいないことくらい知ってるだろうに。

だから……か？　土日はほぼ一日中、間島が家にいる。それが息苦しいので、一人になれる場所が欲しかった——と、そういうことか。

杏がけだるげに、空になったグラスを振って、バーテンダーを呼ぶ。その目が眠たげにゆっくりと、こっちを見た。

一度通り過ぎた視線が、えっ……というように、もう一度間島に返ってきた。薄茶色の瞳がこぼれ落ちんばかりに大きく見開かれる。

「……よお」

しょうがなく、やや引きつったような笑みを浮かべてみせると、杏は不機嫌そうに眉をひそめて視線をそらした。気まずいときにやる癖だ。

「なんだ、知り合い？　席移そうか」

数人のグループが入ってきて、店は混みはじめていた。一人でテーブル席を占領しずらいムードになってきたので、間島はカウンターに移った。杏もマッカランを飲んでいた。歓迎はしていないようだったが、隣に座っても、特に文句は云わなかった。

「どうしたんです。引っ越し祝いだったんじゃないんですか」

「あー……さっき解散した。一杯引っかけてから帰ろうかと思ってな。……そっちは？」

「おれは待ち合わせ」

「へえ……」

杏はかるく肩をすくめた。

「彼が遅れてて。急な仕事が入ったって、さっきメールが」

「……」

にわかに、腹の底がイラッとした。

そんなつまらない嘘をついてまで、おれと顔を合わせたくないんだったら、今朝更新のことを話したときに、なんであんな云い方をしたんだ。

「ほんとうに来るのか？」

「え？　ほんとになって なに……そんなこと疑われる筋合いは」

「毎週ここに来てんだろ？　聞いたよ。男のとこに泊まってるなんてつまんねえ嘘ついて、夜中にフラフラなにやってんだ」

虚を突かれたように、杏は黙り込んでしまった。白々とした気まずい沈黙。テーブル席から賑やかな笑い声があがるのが、よけいに沈黙を意識させる。

カラン、とグラスの氷が溶けて回った。

杏は身じろぎもしない。

まずったな……と、間島は頭を抱えたくなった。つい口が滑ってよけいなことを。ガキじゃあるまいし、夜中にどこをフラフラしようが杏の勝手だ。

「あー……その、なんつうか、おまえにも考えがあるんだろうけどな、今日なんか徹夜明けだろ？　そんなときくらい、おとなしくうちで寝ろよ。そばにおれがいると落ち着かないのかもしれんけど、べつに襲ったりしねえから。あー、それともアレか？　おれみたいなイイ男がそばに寝てると、そっちが落ち着かないって？」

なんてな、と笑いながら杏の顔を見遣った間島は、言葉を失った。

なぜなら杏の美しい顔が、首の付け根まで、羞恥のために真っ赤になっていたからだ。

「……………」

杏は、目を丸くして凝視している間島から顔を背けるようにして、ポケットから畳んだ札を出した。

「チェックして」

「あ、お待ちくださいませ、お釣りを」

「いりません」

逃げるようにスツールを下りた弾みで、立てかけてあった杖が倒れ、床に転がる。それを拾い上げると、杏はちょうど降りてきたエレベーターに乗り込んでいった。

「間島、彼どうしたの？」

友人が、自分のグラスを持ってやってきた。銀色の扉がゆるゆると閉まるのを呆然と見つめていた間島は、かぶりを振った。

「わからん……おれが聞きたい」

「悪かったかな、席一緒にしちゃって。謝っといてよ」

ああ、と約束してまた飲みはじめたが、どうも腑《ふ》に落ちない。せっかくのモルトウイスキーも別のところに消えていくみたいだ。

「……なあ。おまえだったら、三年も同居してる相手が、毎週末男の部屋に泊まるっていって留守にしてたのに、実際は一人でただ外で時間を潰してただけだったとしたら、なんでそいつはそんな嘘をついたんだと思う？」

「ひとつ、同居人と一緒にいるのが苦痛だ」

「妥当だな」

「ふたつ——その同居人のことが好きだということを隠したい」

友人は自分と間島のグラスに、マッカランを注ぎ足した。

「外に男がいます、アナタのことはただのルームメイトとしか思ってません。故に、安心して一緒に暮らしてくださいね。——というアピール」

「ないない、それはない。穿《うが》ちすぎだろ」

思わず笑い飛ばした。

おれは好みじゃないとはっきり云われてるし、三年も一緒に暮らしてきて、そんな素振り、あいつは一度だって——

——「あなたって、自分のこととなるととことん鈍いのよ」

……あった、のか？

じわっと、シャツのなかが急に汗ばんだ。

……おれが気がついてなかっただけなのか？

下着姿で家のなかをウロつくな、というあいつが作ったルール。寝顔を見られていやに焦っていたあいつ。間島に覗き込まれて、なぜか赤くなっていた——

おいおい……待て待て。待ってくれ。そんなこと今更云われたって——

真っ赤になって逃げ出していった杏の顔が、いまさら網膜に蘇ってきた。また汗が吹き出してくる。マッカランの味も匂いもわからない。

どうする？　追いかけたほうがいいのか？　けどなんて云えばいい？　そもそもおれは、あいつのことをどう思ってんだ？　ありなのか？　なしなのか？　どっちなんだ？

追いかけてって、もしこっちの独り合点だったらどうする。明日からどんな顔すりゃいい。そうだ、せめて、自分の気持ちが固まるまでは知らん顔をしていたほうがいい。一晩考えてからだって遅くはない。どうせ帰れば家にいるんだし――

「ボトルどうする。新しいの入れるかい？」

「ああ……頼む」

友人が頷いて、わずかに残っていた酒をグラスに注ぎ切ってから、奥に引っ込んだ。

間島は溜息をつき、煙草を取り出した。

灰皿を貰おうとふと顔を上げると、バーテンダーが、後ろの棚からラムの瓶を取り出していた。ラベルに目が釘付けになった。

そこに描かれていたのは、繁る枝から真っ青な羽を広げて今まさに空へ飛び立たんとしている、一羽の美しい鳥の絵だった。

間島は取り出した煙草をしまい、グラスをつかむと、酒を一息にあおった。そして飲み干したグラスを、勢いよくカウンターにカンッと置くと、立ち上がった。

あとがき

「お願い！　ダーリン」文庫化のお話をルチル編集部さんからいただいたとき、実は心の片隅に、「えっ、うそ、今更……？」という気持ちが、ほんのちょっぴり浮かびました。

なにしろ、単行本の初版発売が十二年前。元ネタとなった同人誌を書いたのは、さらにその数年前。ノリと勢いで書いたようなものでしたから、今更ちょっと恥ずかしい……。

けれども、十年前、私の初の単行本だったこのタイトルを書店で手にとってくださり、熱心なお手紙などをくださった読者様に、まだきちんと恩返しができていないことが、ずっと心に引っかかってもいました——覚えてらっしゃるでしょうか。当時、あとがきで募集させていただいた「今田浩志郎の愛のセリフ」のことを。

当時は沢山のご応募、本当にありがとうございました。残念ながら、今回使用することはできませんでしたが、どれも情熱的で、笑えて、恥ずかしさに足の指がきゅーっと丸まってしまうような、いかにも今田らしい長台詞ばかりでした。

当時ご応募くださった皆様が、この文庫本をもう一度懐かしく手にとってくださることを祈りながら、彼らの十年後を書き下ろしました。あの頃いただいた楽しいお手紙には、どれだけ励まされたかしれません。

心からの感謝を込めて——どうぞ、楽しんでいただけますように。

また、作中の時代背景は、現代に書き直すことも検討しましたが、敢えてそのままに残しました。

十年ひと昔。AV RANのメンバーと一緒に、ちょっと恥ずかしくて懐かしい九十年代にタイムスリップしていただけたらと思います。

最後になりましたが、今回、素敵なイラストを付けてくださった桜城先生。新たな凛々しい弘と今田のコンビを、どうもありがとうございました。今田に抱きつかれて照れつつ嫌がる弘の顔は、特に絶品でした。

また、今回の機会をくださった編集部の藤本様、またこの本の制作、発売に携わってくださった大勢の方々に、深く感謝いたします。

それでは、二巻で。

二〇〇五年　夏　　ひちわゆか

✦初出　NON NONダーリン
お願い！ダーリン
クリスマスキャロルの頃には……ビーボーイノベルズ「お願い！ダーリン」
(1993年12月刊)
Old Times………………………書き下ろし

ひちわゆか先生、桜城やや先生へのお便り、本作品に関するご意見、ご感想などは
〒151-0051 東京都渋谷区千駄ヶ谷 4-9-7
幻冬舎コミックス　ルチル文庫「お願い!ダーリン」係
メールでお寄せいただく場合は、comics@gentosha.co.jp まで。

幻冬舎ルチル文庫

お願い!ダーリン①

2005年7月20日　第1刷発行

✦著者	ひちわゆか
✦発行人	伊藤嘉彦
✦発行元	株式会社 幻冬舎コミックス 〒151-0051 東京都渋谷区千駄ヶ谷 4-9-7 電話 03(5411)6431[編集]
✦発売元	株式会社 幻冬舎 〒151-0051 東京都渋谷区千駄ヶ谷 4-9-7 電話 03(5411)6222[営業] 振替 00120-8-767643
✦印刷・製本所	中央精版印刷株式会社

✦検印廃止

ISBN4-344-80606-9　C0193　Printed in Japan